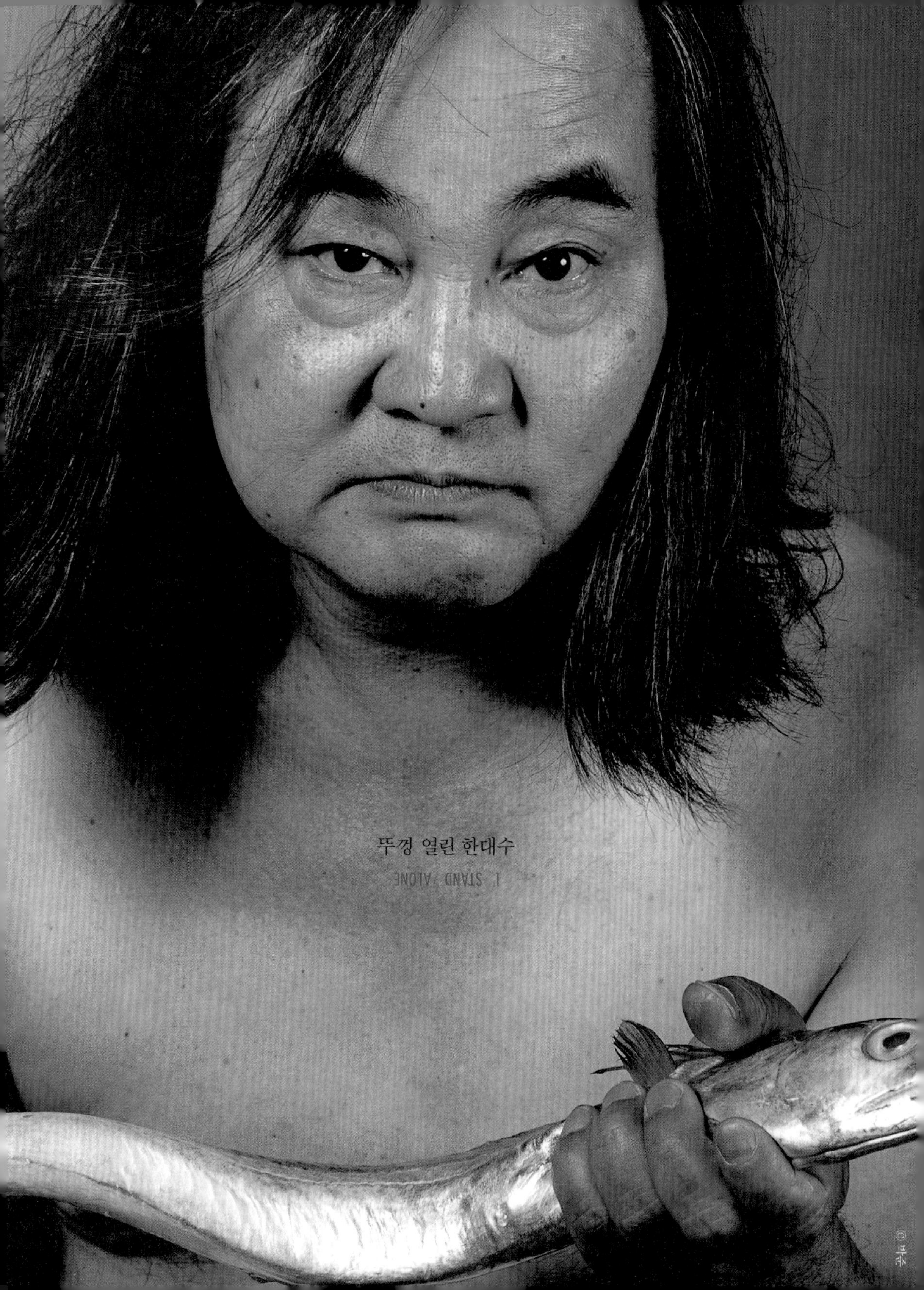
뚜껑 열린 한대수
I STAND ALONE

사랑하는 양호에게!
나는 이 지구를 걷지 않고 있더라도 항상 네 곁에 있다.
걱정 마라. 하늘을 쳐다보면 내가 웃고 있을 것이다.

〈영원히 사랑하는 PaPa〉

I STAND ALONE **뚜껑 열린 한대수**

글 · 사진 한대수 **발행인** 김윤태 **발행처** 도서출판 선 **초판 1쇄 인쇄** 2011년 11월 2일 **초판 1쇄 발행** 2011년 11월 7일
등록번호 제15-201호 **등록일자** 1995년 3월 27일 **주소** 서울시 종로구 낙원동 58-1번지 종로오피스텔 1309호
전화 02-762-3335 **팩스** 02-762-3371 **북디자인** 디자인이즈(02-363-0773)

ISBN 978-89-6312-050-8 03810

* 큰곰일기(큰곰은 애청자가 지어준 별명이다.)는
CBS FM 〈손숙·한대수의 행복의 나라로〉에서 한대수가 2009년부터 쓴 글이다.
PD : 이덕우, 김미성, 이지현, 여미영 / 작가 : 문화, 문혜영

* 책값은 뒤표지에 있습니다.

뚜껑 열린

I STAND ALONE

한대수

내 짝 큰곰 한대수

우리는 한대수 씨를 큰곰이라고 부른다. 이 별명은 〈손숙 · 한대수의 행복의 나라로〉 청취자가 붙여준 별명인데 너무도 잘 어울리는 별명이고 본인도 무척 좋아한다. 나는 20여 년이 넘는 시간 동안 라디오 진행을 해 오면서 거의 십여명이 넘는 남성 진행자를 짝으로 만났는데 한대수 씨처럼 특별하고 기이(?)한 진행자는 만난 적이 없다.

처음 한대수 씨와 함께 라디오를 진행해 달라는 제의를 받았을 때 굉장히 특별하고 재미있을 것 같다는 생각이 들어 깊이 생각하지 않고 시작을 하게 됐는데, 그것이 얼마나 잘못된 결정이었는지 깨닫게 되는데는 며칠도 걸리지 않았다. 일단 한대수 씨는 상식적으로 생각되는 라디오 진행자가 전혀 아니었다. 그는 우리말을 잘 이해하지 못했고 띄어 읽기가 되질 않았으며 목소리는 거의 늘 잠겨 있었다.

예를 들자면 '보릿고개'라는 말이 무엇인지조차 모르고 있었고 '견우와 직녀'의 설화도 들어본 적이 없다고 했다. 매일매일 2시간이 내겐 악몽이었다. 게다가 무엇을 물어봐도 '네' 아니면 '모르겠는데요' 혹은 '미안합니다' 이렇게 짧은 대답만 하고는 도통 참여조차 하질 않으니 나 혼자 2시간을 방방 뛰다 방송이 끝나면 만만한 PD만 닦달할 수밖에 없었다.

"당장 내일부터 방송 그만하겠다! 뭐라고 얘기라도 해봐라!" 그러면서 몇 달이 흘러갔다. 그런데 정말 이상하게도 한대수 씨가 밉다거나 보기 싫다거나 이런 생각은 전혀 들지가 않았고, 더더욱 신기한 것은 조금씩 청취자들이 한대수 씨를 감싸안고 그의 편이 되기 시작하는 것이었다. 참으로 신기했다. 우리말도 잘 못하고 편지도 잘 못 읽고 그런 진행자를 편드는 이유가 뭘까? 우리가 책이나 신문을 읽을 때 그 행간을 읽는 것처럼 현명한 청취자들이 그의 내면의 맑은 영혼을 들여다 본 것이다.

내 짝 한대수 씨는 내가 만난 사람들 중에 가장 맑은 영혼을 가진 사람이라고 나는 장담할 수 있다. 그는 늘 소년처럼 순수하고, 정직하고, 솔직하고, 잔꾀 안 부리고, 시끄러운 것, 폭력, 이런 것들을 끔찍이 싫어하고, 늘씬하고 아름다운 여자를 좋아하고, 음악(팝, 재즈, 록, 클래식 모두)에 있어서는 우리나라 최고의 전문가이고, 시인이고, 록계의 전설이고, 그리고 사진작가이다.

상식적으로 생각하면 참 이해가 안 가는 부분이 많은 사람이지만 그 상식을 뛰어넘으면 그곳에 참으로 눈부신 한 예술가가 우뚝 서 있다. 그 예술가가, 그 빛나는 천재가, 늦게 얻은 딸 양호를 지키기 위해 모든 것을 내려놓은 모습이 어찌 눈물겹지 않겠는가.

오직 그 아이를 지키기 위해 그는 자존심 따위는 내려놓고 적성에 잘 맞지 않는 라디오 프로그램을 하기 위해 3년 동안 하루도 빠짐없이 출근을 하고, 때로는 나의 핀잔도 '허허' 웃으며 넘긴다. 이제 그에게는 수만 명의 청취자가 열혈팬이다. 내가 일부러 재미로 구박을 하면 바로 그를 편드는 수많은 문자가 올라온다.

이제 그 큰곰 한대수 씨가 책을 또 한 권 만들었단다. 나는 그의 글솜씨, 사진솜씨를 너무 잘 알고 있기에 분명히 멋진 책이 될 것이라고 확신한다. 이제 나는 누가 뭐래도 그의 편이고 가능하다면 양호가 중학생이 될 때까지라도 그의 옆을 지켜 주고 싶다. (너무 욕심인가?^^)

내 짝 큰곰 한대수 파이팅! 오래오래 건강하고, 젊고 아름다운 여성을 보면 큰 소리로 "오래간만~"이라 말하고, 썰렁 개그에 스튜디오가 떠나가도록 웃으세요. 나는 계속 잔소리쟁이로 옆에 있을게요.(옥사나 오해 마세요. 라디오 짝이니까~)

〈2011. 9. 연극배우/방송인 손숙〉

contents

큰곰일기

I stand alone

한대수

옥사나

나의 딸 양호에게

if you find a good wife, you will be happy, if not you will become a philosopher _ socrates

좋은 아내를 만나면 행복할 것이다.
악처를 만나면 철학가가 될 것이다.

_ 소크라테스

's Diary

우리의 슬픈 송아지들

영어로는 'foot & mouth disease',
즉 동물의 입과 다리를 공격해서 구제 불능하게 만들고,
인간에게는 음식의 가치가 없어지는 것이다. 참 슬픈 현실이다.

작년 1월에 발견됐다는 소식이 있으나 대대적으로 알려진 것은
몇 개월밖에 안 된다.
즉 국가적인 비상대책이 많이 늦어진 것이다.
130만 마리가 넘는다니 말이 되는가.
작년에는 일본을 공격했고 재작년에는 영국에서도 큰 타격을 받았다.

큰곰은 송아지를 가장 사랑한다.
머리에서 꼬리까지 하나도 버릴 것 없이 인간에게 헌신하는 동물이다.
심지어 뿔에서 발굽까지. 내장도 버릴 게 없다.

큰곰이 생각하기에 이것은
우리에게 가장 중요한 역할을 하는 먹이사슬(food chain)의 큰 부분을
우리 인간이 건강하게 키우지 못한 결과이다.

깨끗한 마구간
깨끗한 음식과 사료
깨끗한 공기와 물

앞으로 가축들을 우리 몸과 같이
양호하게 보살피고 키워야 된다고 생각한다.
우리의 가축이 즉 우리다.
가축이 건강하지 못하면 우리 역시 건강할 수 없다.

당신 누구요?

예술의 전당에 가려고 지하철 계단을 올라가는데
젊은 여인이 나를 보고 고함을 지른다.
"선생님! 너무 반가워요."
아무리 생각해도 누군지 알아 볼 수가 없었다.
"나 영주예요. 7년 전 대학로 폴리미디어 공연 코러스였잖아요."
알고 보니 성형수술을 해서 알아 볼 수 없었다. 정말 미인이었는데,
안타깝다.

두 달 전, 세종문화회관 콘서트에서도 내가 가장 좋아했던 미희 씨도
그 예쁜 얼굴을 수술해서 어색하게 되어버렸다.
아! 안타깝다. 안타깝다.

그리고 이번에 텔레비전 특집공연을 하는데도
방송국에서 나온 코러스 한 명이 나를 보고 빙빙 돌면서 말을 건다.
'야~ 할아버지가 양호한 모양이다.' 이렇게 착각을 했다.
그러자 음악감독이 "인주잖아요! 전주 소리 축제 코러스."

아, 깜짝 놀랐다.
내가 원래 알던 친구였다. 완벽한 미스코리아감인데
이렇게 얼굴이 이상하게 변했다니 정말 슬펐다.

일곱 가지 원죄 중 하나가 그리드, 즉 탐욕이다.
미인이 더욱 더 아름다워지려고 하는 탐욕,
성형 산업이 문제가 있다고 생각한다.
의사들이 "당신은 충분히 예쁘니까 아무것도 하지 마시오." 라고
현명하고 솔직하게 말해 줄 수 없는가?

아이고, 할아버지는 미인 세 명을 놓쳤네.

12년 전 미국 최고의 메이크업 아티스트인 '바비 브라운'을
《하퍼스 바자》가 청탁해서 소호 사무실에서 인터뷰를 한 적이 있었다.

"모든 사람은 얼굴에 매력적인 게 있다. 그것을 하이라이트 해야 하고,
그리고 단점이 있으면 메이크업으로 살짝 감추면 된다.
이것이 메이크업의 목적이다."

지금 바비 브라운은 세계적인 브랜드의 화장품이다.

스티브 잡스와 빌 게이츠

최근에 스티브 잡스가 병을 앓고 있다고 해서 여러 가지 소문이 많다.
회장직을 물러날 것이다.
또 어떤 미국 매체는 이미 돌아가셨다는 소문도 있다.
이유는 간이식 수술 면역 반응 때문이라는 말도 있고,
또 다른 의문의 병에 복합적으로 걸렸다는 소문도 있다.

스티브 잡스와 빌 게이츠는 항상 조용한 경쟁을 벌이고 있었다.
근래 역사의 최고의 두 혁명자다.
인터넷과 디지털 세대의 개척자다.
하지만 성장 과정은 완벽하게 다르다.

스티브 잡스는 입양 가정에서 컸고,
빌 게이츠는 변호사 가정에서 안정적으로 살았다.
처음에는 애플 매킨토시가 대히트를 해서 압도를 했지만,
결국 나중에 마이크로소프트의 윈도즈가 나와서 게임은 끝났다.

빌 게이츠는 수억만을 챙기고 이제 더 이상
자기 자신을 증명할 필요가 없다고 해서 다음 프로젝트로 들어갔다.
그거는 뭐냐? 인류를 구하겠다.
가난과 질병에서.

그래서 자기 마누라 이름으로 재단을 만들어서
가난한 나라와 에이즈 질병을 고치는데 어느 국가보다
큰 역할을 하고 있다.

반면, 스티브 잡스는 뭔가 이루지 못한 것을 느끼는지
헝그리 정신을 가지고 드디어 아이폰을 개발하면서
세상을 놀라게 했다. 그런데 건강을 희생한 것이다.
참고로 우리 조카도 애플에 취직해서 너무 혹사를 당해서
브레인 투머(뇌종양)로 고생하고 있다.

둘 다 같은 나이 56세.
둘 다 명문대학 중퇴하고, 이 시대의 중요한 IT산업의 개척자다.
하지만 결과는 완전히 다른 것 같다.

나도 걱정이 된다.
우리 양호도 두 부모의 사랑을 듬뿍 받고
정상적으로 살아야 하는데…

수이사이드 바머

자살 폭탄테러(suicide bomber)는 뭐냐. 즉 알코올중독이다.
중독자는 알코올에 의존하지만 전 가족은 이 중독자에 의존해서
안 마실 때는 행복해 하고 마실 땐 지옥의 길로 간다.
그리고 우리 사회의 수많은 성범죄나 교통사고가
중독자들에 의해서 저질러지는 경우가 많다.
항상 그들의 변명은 이렇다.

"제가 너무 많이 취해서 무슨 행동을 했는지 기억이 안 납니다."

말도 안 되는 이야기다.
많은 사람들은 우리 가족의 다큐를 보고 반응이 뜨겁다.
어느 날 병원 엘리베이터를 타는데 중년의 한 아주머니가
나를 안고 통곡을 한다.
"선생님! 다큐를 보고 우리 남편이 자진 입원했습니다.
20년 동안 고생 많이 했습니다."

또 거리를 지나가는데 많은 사람들이 손을 흔들며 파이팅을 외친다.
"우리 오빠도 현재 치료중입니다."

생각지도 않은 응원이고, 어느 정도는
사회에 기여한 바도 있다는 생각이 든다.

방송 작가들의 조사에 따르면, 우리나라 남자들의 3분의 1, 여자들도 10분의 1이나 중독자가 있다고 한다. 놀라운 일이다. 우리 경우는 그 엄청난 치료비를 방송국이 책임을 지니까 고맙지만 서민들이 가족을 치료한다는 것은 상상도 못할 일이다.

유럽은 알코올중독 치료가 무조건 공짜다.
미국은 중산층 이하는 공짜다.
부자들은 어느 나라나 고급치료를 하기 때문이다.
이것이 건강보험에 포함이 되지 않는 게 말이 안 된다는 생각이 든다.
왜냐하면 중독자는 가족의 문제이기도 하지만 사회적인 문제이기도 하다.
심각하게 고려해야 할 주제다.

요즘은 연예인 마약사건도 많고 밀수업자도 심심치 않게 잡힌다.
이유는 간단하다. 우리는 이제 부자 나라가 됐다는 이야기다.
적어도 무기징역 아니면 사형을 각오하고 밀수하는 사람들이 돈도 안 되는 가난한 나라에서 하겠는가.

유럽과 미국에서 골머리를 앓고 있는 마약중독도 마찬가지다.
가족을 망가지게 하고 사회를 위협하는 심각한 병이므로 이것도 지금 생각해 봐야 한다.

NEED MONEY TO
GET DRUNK SO
THAT 2 WOMEN CAN
TAKE ME HOME AND
MOLEST ME! DONATIONS
ACCEPTED AT WHO'S YOUR DADDY.
COM/SPANKMEHARDER.ORGASM

PIZZA
DESSERTS

싱숭생숭

세상도 싱숭생숭하고 나도 싱숭생숭하다.
위대한 독일의 철학자
아서 쇼펜하우어(Arthur Schopenhauer, 1788-1860)의
말이 생각난다.
"모든 사람의 인생을 현미경으로 관찰하면 비극이다."

특히 내 주변의 가난한 사람을 보면 두말 할 필요도 없거니와
어느 사회학자가 말하지 않았는가?
"자본주의 사회에서 가난은 죄다."

또 내 주위의 부자친구들을 보니 역시 비극이다.
그럼 나 자신은 어떤가?
오 마이 갓! 나도 비극이다. (양호야 미안하다!)

갑자기 '호스니 무바라크' 대통령 가족이 생각난다.
역사적인 인물 '내써'의 부관으로,
그리고 '안와르 사다트'의 부통령으로,
그리고 다음엔 대통령으로 약 40년 동안 권력의 핵심이었던 사람이
지금은 혼수상태에 가족들도 지구 어느 구석에서 떨고 있지 않는가.

솔로몬 대왕이 생각난다.
그 많은 부와 명예와 여자와 영광을 누리던 솔로몬 대왕이
숨을 거둘 때 이렇게 말했다.
"VANITY, VANITY, ALL IS VANITY!
(헛되도다 헛되도다 모든 것이 헛되도다)"

그런 의미에서 다 같이 한바탕 웃읍시다.

NORDSTROM
SEX ONLY IN MARRIAGE! BUT
NO SLOPPY SECONDS! JUST
VIRGINITY! TURN THE WOMAN INTO A
WHOREMONGER! NEITHER ARE
WITH GOD! TURN TO JESUS CHRIST! YOU
SEX AND MARRIAGE ARE NOT FOR
CHRISTIANS ARE BORN AGAIN OF THE
LIFE WITH CHRIST! A CHRISTIAN LIFE
BE FOUND IN A CHRISTIAN! MARRIAGE IS
CHRISTIANS SHOULD LIVE JUST AS
NO KINKY SEX
NO INCEST
NO ORAL SEX
NO ANAL SEX
NO SEX FOR THE KIDS
NO

MAN AND A VIRGIN WOMAN! NO LEFT OVERS
SEX BETWEEN EACH OTHER/ FOR WITHOUT
IF NOT A VIRGIN MAN/ TURN HIM INTO A
RIGHTEOUS MARRIAGE/ REPENT! GET RIGHT
TAIN FROM SEX/ FOR THE REST OF YOUR LIFE
AGE IS OF THE FLESH/ AND NOT OF THE SPIRIT
ESUS CHRIST/ AND ARE ONE SPIRIT/ OR ONE
FOUND IN JESUS/ AND JESUS' LIFE SHOULD
ORLD! AND NOT THE WALK OF CHRIST. TRUE
ST! AND NOT BY OUR OWN RIGHTEOUSNESS
THINGS THAT ARE TRUE
THINGS THAT ARE HONEST
THINGS THAT ARE JUST
THINGS THAT ARE PURE
THINGS THAT ARE LOVELY
THINK/ AND APPLY THEM

선천적? 후천적?

양호를 임신했을 때 난 꿈이 많았다.
절대 이렇게는 안 키워야지! 꼭 이렇게 키워야지! 등등.
하지만 3년 반이 지난 지금 내가 컨트롤할 수 있는 일은 거의 없다.
이 억센 고집은 누굴 닮았겠나.

바로 나.
모든 것이 자기의 것이란 욕심은 누굴 닮았겠나.
공산주의 체제를 18년 경험한 옥사나의 것이 아니겠나.
또 두 살 때부터 족발뼈를 들고 뜯고 고기만 좋아하는 식성은
어디서 온 것일까. 외할아버지의 칭기즈칸 피가 아니겠는가.

또 음악은 어찌나 좋아하는지 한두 번만 들으면 줄줄 외운다.
그래서 나의 비전문가의 생각으로는
선천적인 것이 90퍼센트이고 후천적인 것이 10퍼센트이다.

또 한 가지 느낀 것은, 부모라는 두 사람이 모두 필요하단 걸 느꼈다.
내가 혼자 반 년 정도 키워보니까 도무지 불가능하다.
첫째로 버릇을 고친다는 것은 상상할 수가 없다.
왜냐하면 '엄마도 없는 불쌍한 아이인데'라는 생각이 먼저 든다.
내가 이렇게 키우다 보니 버릇없는 아이(스포일드 차일드)가 된다.

미국에서 고등학교 다닐 때도 보면, 자꾸 문제를 일으키는 아이들이
싱글 부모 밑에서 자란 애들인 경우가 많았다.
난 그런 모습을 볼 때마다 너무나 안타까웠다.
양호를 어떻게 키워야 할지. 그래서 난 더 걱정이 된다.

out

분노의 봄

현재 아랍 국가의 민주화 운동의 열풍이 불고 있다.
어떤 결과가 올지 아무도 모른다.
또 세계 다른 지역에서도 민중의 고함소리가 꿈틀거린다.
인도 그리스 그리고 아일랜드도 심상치 않다.
이 나라들의 공통점이 하나 있다.

투 클래스 시스템!
부자와 가난한 사람, 두 계층밖에 없다는 것이다.
사회주의든 자본주의든 독재주의든
'쓰리 클래스' 시스템이 분명히 있어야 한다.
미들 클래스가 최소한 50퍼센트는 되어야
시스템을 건강하게 유지할 수 있다.
가장 이상적인 것은 중간 계층이 80퍼센트는 되어야 한다는 것이다.
하지만, 이 이상적인 숫자를 가진 나라가 그 어디에도 없다.

이러한 때를 ‘스프링 오브 디스컨텐트!(Spring of Discontent)’
분노의 봄이라고 부른다.
큰곰이 보기엔 ‘이어 오브 디스컨텐트’ (올해 내내 진행될 것) 같다!

어느 나라든 어떤 제도든 유지가 되려면
미들 클래스(중간 계층)가 튼튼하고 다수의 지지를 받아야 한다.
이것은 부유층과 정부의 임무이며 책임이다.
자기 자신들의 생존을 위해서라도 말이다.
유명한 신학자 칼 바르트의 말이 생각난다.

“인간은 정의를 희망하기 때문에 민주주의가 가능하다.
하지만 인간은 정의롭게 행동할 줄 모르니까 민주주의는 꼭 필요하다.”

지구가 화났다!

지난 토요일, 내 생일파티를 준비하다가 국제 뉴스를 틀었다.

“어! 이게 뭐야? 또 무슨 재난영화를 광고하고 있구나.”

그런데 화면 왼쪽 코너를 보니까 ‘라이브’라고 씌어 있다.
아, 일본이었다. 믿어지질 않는다.
두 달 전에 행사모 한 분이 했던 말이 기억난다.

“큰곰님! 지구가 몹시 몸살을 앓고 있나 봐요.”

2년 사이에 허리케인 카트리나, 인도네시아 쓰나미,
또 중국 쓰촨 대지진, 그리고 아이티, 뉴질랜드까지!
아! 분명히 뭔가 지질학상으로 큰 변화가 생기고 있는 것임에 틀림없다.
우리가 지도를 상세히 보면
길쭉한 일본 열도가 타원형으로 한반도를 보호하고
있다는 것을 알 수 있다.

이번 지진과 쓰나미의 여파가 캘리포니아와 남미까지 갔다고 하는데,
한번 상상해 봐라. 만약 일본 열도가 없었다면
어떤 일이 일어났을지를…….

지금은 이것저것 따질 때가 아니라 무조건 최선을 다해서 도와야 한다.
성서에 양호한 말이 있지 않는가.

"이웃을 사랑하라!(Love Thy Neighbor)"

'강국'의 의미는 우방국가가 많다는 뜻이다.
우리가 만약 대재난이 닥쳤을 때
과연 어느 나라들이 우리에게 도움의 손길을 내밀어 줄까?
고민해 볼 문제다.

가수와 기획사

많은 유명 가수들이 기획사와 법적 투쟁을 하고 있다.
큰곰도 가수로서 이 문제를 고민해 본 결과
으레 있을 수밖에 없는 일이라는 생각이 든다.
보통 18세 19세에 10년짜리 계약을 하니
그 가수는 황금 시기에 기획사에 묶여 있는 것이다.
결과적으로, 유명해지면 독립을 하려고 할 것이고,
아무런 결론이 없으면 노예 계약을 지켜야만 한다.

최근에 세시봉 콘서트가 아주 많은 이들에게 사랑을 받고 있다.
노장 가수들이 직접 연주하고 화음을 맞추면서
정말 많은 사람들에게 감명을 줬다. 나도 세시봉 원 멤버다.
그때는 기획사라는 말도 없었고 나도 뭔지 몰랐다.
그저 우리 자신이 열심히 연습해서 우리의 이미지를 있는 그대로 보여줬다.
그러한 결과 한 인생의 음악생활을 이끌 수 있지 않았을까 싶다.
세계에서 최장기간 동안 활약을 한 가수 '믹 재거'도
30년 전에 매니저를 해고시켰다. 물론 3백만 달러를 줬지만 말이다.
그리고 지금은 자신이 매니저를 하고 주위엔 부관밖에 없다.

10대 댄스그룹의 경우, 기획사에 소속되면 유리한 점이 있다.
하지만 아티스트로 한평생 음악을 하려면
자기 스스로 길을 개척하는 것이 원칙인 것 같다.
우리나라 음악이 좀더 개성 있게 발전하려면

자기만의 색깔을 가진 아티스트를 격려하고
용기를 북돋워 주는 것도 중요하다.
이것은 가수를 위한 것임은 물론이지만,
대중에게도 더욱 더 다양한 음악을 제공할 수 있는 기반이 된다.
내 생각엔 기획사를 통해서 성공한 아티스트는 거의 없다.
성공을 한다고 해도 잠깐이지
한 인생을 거치며 아티스트로 발전하는 경우는 드물다.

7년 전에 이 큰곰이 가요대상에 참가할 수 있는 기회가 있었다.
이효리도 온다고 했다. 하루 종일 녹화를 한다고 해서
'효리와 농담해야지~' 하고 생각했다.
그런데 이효리는커녕 이효리 그림자도 안 보이더라.
다른 VIP룸에 둘러싸여서 접근도 못하게 하더란 말이다.

이것도 문제다. 아티스트와 외부의 접촉과 경험을 제한시키는 것이다.
음악가로서, 또 한 인간으로서 그만큼 불리한 거 아닌가?
인클로즈드 마인드(닫힌 마음)가 되는 것이다.

아티스트로서 성장하기 위한 환경을 만들어 주는 것,
그것이 주변에서 해 줄 역할이 아닌가 싶다.
그럴 때 우리 가요계가 건강하게 성장하고
대중도 다양한 음악을 들을 수 있지 않을까?

후쿠시마의 과장 없는 진실

여러 세계 유명 방송국과 핵발전소 전문가들의 지식을 통합해서 정리해 보았다.

1 후쿠시마가 체르노빌 재앙이냐? 아니다. 체르노빌은 후쿠시마의 50배가 된다.

2 한국엔 어떤 영향이 오는가? 가까운 미래에 올 가능성이 없다. 체르노빌 때는 가장 먼 폴란드까지 갔다. 약 800킬로미터. 후쿠시마와 한반도는 1,200킬로미터.

3 현재 새어 나온 방사능에는 두 가지가 있다. 하나는 아이오딘, 하나는 세슘. 아이오딘은 석 달 안에 사라진다. 증발한다. 그러나 세슘은 약 삼십 년 간다. 아이오딘은 약을 먹으면 약간은 방지되지만, 세슘은 방지할 수 있는 방법이 아직 없다.

4 방사능은 사람과 사람 사이에 옮겨지느냐? 그렇다. 옷에 있는 먼지나 땀과 같은 몸의 액체로 옮겨진다. 몸의 면역체계를 공격해서 암, 소화기관, 머리가 한꺼번에 다 빠지고 결국 죽는다.

5 최악의 시나리오는 무엇인가? 토틀 멜트다운(total meltdown)! 즉, 원자로의 노심(爐心)이 녹는 중대한 사고가 일어날 수 있다. 이렇게 되면 완벽하게 폭발돼서 구제 불능하게 된다. 하지만 연료봉(fuel rod)은 계속 탄다. 30년이 탈지 계속 탈지 모를 일이다.

6 암에 걸리게 하는 방사능의 양은 1천밀리시버트 정도다. 엑스레이를 한 번 찍는 데 0.2밀리시버트 정도 노출된다. 일 년 내내 태양에서 받는 양은 2밀리시버트 정도이다. 현재 3월 30일, 한국 평균 금지된 방사능 양은 0.14밀리시버트이다.

결론은 무엇인가? 큰곰의 결론!
역사적으로 크게 원자력 발전소 사고가 난 것은 세 번밖에 없다. 미국의 쓰리마일 아일랜드, 소비에트 연방의 체르노빌, 그리고 일본 후쿠시마.

즉, 다시 말해서 우리는 원전사고를 방지하는 과정을 배우고 있는 상태다. 정확하게 아무도 모른다. 간단히 말해서 자동차를 만들었는데 네 살짜리 양호에게 핸들을 맡긴 것이다. 가장 슬픈 것은 지상과 지하에 백만 개 이상 되는 쓰다 만 연료봉이 살아 있는 것이다. 몇 년이 갈지 모른다. 이것이 지구에 큰 손상을 줄 것이다. 우리 인간의 식량사슬(food chain)을 파괴시킨다.

나 뉴욕 가요

"선생님, 나 뉴욕 가요. 공부 좀 더 하려고요.
근데 무슨 일을 하면 좋죠?"

국제방송에서 같이 일하는 아가씨한테서 연락이 왔다. 무슨 일을 하면 좋을지 고민이라는데, 일단 영어는 잘 하니까 다행이라고 생각한다. 뉴욕을 Capital of the World, 즉 전 세계 축소판이라고 볼 수 있다. 그래서 큰 곰이 미국에 거주하는 사람들의 인종별로 직업을 분석해 보았다.

1 아일랜드(Irish) : 주로 경찰관들이 많고 바(bar) 경영을 많이 한다.

2 일본 : 소니나 미쓰비시 같은 대기업의 본부가 뉴욕에 다 있다. 가장 값비싼 미드타운 건물도 모두 다 일본 대재벌의 소유다. 한때는 록펠러 센터도 미쓰비시가 소유했다. 그런데 요즘엔 후쿠시마 때문에 엄청 고생하고 있다.

3 중국 : 맨해튼 남부쪽에 큰 차이나타운을 보유하고 있고, 중국 음식은 맥도널드 이상으로 프랜차이즈가 많다. 영화에 미국인들이 중국 음식을 젓가락으로 먹는 장면이 많은데, 그만큼 미국에 중국 음식이 일반화 되어 있다. 또 하나, 플러싱 지역은 한국 교민이 20년 동안 점령한 곳인데, 중국인들이 진입하고 있다. 1층에서 한국인들이 야채 가게를 하고 있는데, 중국인 네 명이 공동투자를 해서 그 빌딩을 아예 사버린 식이다. 비공식 '한국타운'이던 플러싱 지역에서 한인들이 밀려나는 실정이다.

4 한국 : 한국은 1960년대부터 가발 장사를 많이 했지만 지금은 맨해튼 대부분 지역의 야채 가게를 점령했다. 하지만 그 야채 가게는 우리가 생각하는 야채 가게가 아니라, 편의점 + 야채 + 꽃 + 샌드위치 수백 개를 같이 파는 곳이다. 이것을 한국인이 운영하는데 모두 현금장사라, 돈을 양호하게 번다. 그리고 갈비구이를 비롯하여 한국 음식이 10년 이상 뜨고 있다.

5 유태인 : 쉽게 말해서 뉴욕, 즉 미국 전체를 소유하고 있다고 보면 된다. 유태인인 '블룸버그' 시장은 3선을 하고 있다. 또 〈뉴욕타임즈〉를 비롯한 미디어, TV와 금융까지. 뿐만 아니라 다이아몬드 반지를 사고 싶으면 가는 곳, 47번가에 있는 '다이아몬드 디스트릭트'를 꽉 잡고 있다.

6 게이(Gay) : 패션계는 완전히 이들이 차지했다. 존 갈리아노, 칼 라거펠드, 캘빈 클라인, 알마니 등 전부 다 게이다. 그리고 밑에서 일하는 이들도 다 게이다. 한 마디로 당신이 게이가 아니라면 패션계에 발을 들이지 않는 게 좋을 것이다. 그만큼 게이들은 감각이 뛰어나다는 얘기다.

자, 다시 앞의 얘기로 돌아가 보자. 국제방송 동료인 그 아가씨에게 이렇게 말해줬다.

"당신은 지금 영어도 잘 하니까. 그리고 현재 일본과 한국 여자는 인기가 최고니까 뉴욕에 가서, 아무 일이나 하면 된다. 다만 주의할 것은 미국 남자들을 조심해라."

뉴욕에 가실 땐 큰곰의 조언을 기억하세요.

SO TIRED.

세 시간의 행복

얼마 전의 일이다. 아, 큰딸이 작은딸을 데리고 치료 받으러 갔다. 얼마나 기쁘고 흥분되는 일인가? 세 시간 동안이나 나 혼자라니. 으하하하! 일단 TV를 켰다. 골프경기다. 우리나라 최경주 선수가 2위라고 나온다. 앗, 그런데 타이거 우즈가 없네? 타이거 우즈는 어디로 갔나? 도대체 선두에 타이거 우즈의 이름이 없다. 2위도 아닌 1위로, 늘 선두를 달리던 타이거 우즈가. 어떻게 된겨?

금세기 최고의 섹스 스캔들. 금세기 최고로 돈을 많이 버는 스포츠 스타. 그런 그가 최근 4개월 은퇴 후, 복귀했건만 도무지 게임이 풀리지 않고 있다. 그의 눈을 보니 뭔가 슬픔으로 가득 찬 느낌이다. 항상 자기를 응원해 주던 부인도 어디로 가버렸고, 아이들도 그렇고……. 심지어 10년 이상 타이거 우즈를 코칭했던 친구도 가버리지 않았는가? 무엇보다도 타이거 우즈의 든든한 기둥인 아버지도 최근에 돌아가셨기에 그는 더더욱 외로워 보였다. 게임이 안 풀릴 수밖에……. 자신을 감싸 주고 따뜻한 대화를 나눠 줄 친구가 하나도 없는 게 아닌가? 마스터스 대회의 결과는 '찰 슈워젤'이 우승, 최경주는 공동 8위, 타이거 우즈는 공동 4위로 뛰어 올랐다. 결론적으로 인간은 시동이 걸렸을 때 Velocity, 즉 '추진력과 가속도'가 필요하다. 타이거 우즈는 아직 엔진의 시동을 걸지도 못했다.
그리고 세대는 교체된다. 이번에 선두를 달리던 '맥길로이' 선수의 나이는 스물둘, 타이거 우즈가 처음 샷을 쏘아 올렸을 때의 나이다. 젊은이들이 점점 치고 올라오고 있다는 사실이다.

현대미술은 어디로 가고 있나?

지금 서울에서는 '영국 현대미술 전시회'를 대대적으로 열고 있다.
이게 아주 큰 관심을 끌고 있다.
영국 현대미술계의 최고 대가가
'데미안 허스트(Damien Hirst)'라는 화가다.
그는 최고 부자인 화가로 4억 달러의 재산을 보유하고 있고,
영국 100대 부자 리스트에 들어가 있다.
나이도 이제 겨우 마흔다섯 살밖에 안됐는데!!

허스트 미술의 주제는 〈죽음〉이다. 그런데 좀 다르다.
죽은 송아지를 박제시켜 뿔과 발굽을 18금으로 입혀서
150만 달러에 팔았다.
또한 사산아의 해골에 다이아몬드 200개를 박아서
200만 달러에 팔았다.
(사실상 다이아몬드 값만 따져도 200만 달러일 것인데!)

사람들이 "이거 너무 그로테스크, 괴기스러운 거 아냐?"라고 하면
허스트는 말한다.

"나는 이 억울한 어린아이의 죽음을 영원히 미화시키려고 했다.
그리고 내 작품은, 부자들의 허영심을 채워주는 역할을 하고 있다."

허스트는 또 말한다.

"부자와 예술가는 항상 연인 관계였다.
돈이 안 되는 예술은 예술이 아니다.
그러므로 나는 돈을 더 벌어야 한다."

그래서인지 지금 개최되는 영국 현대미술전에서는
미안하게도 데미안 허스트가 빠졌다. 왜냐하면 그 이유 역시 돈이다.
임대료가 너무 비싸기 때문이란다.

2년 전 뉴욕에 갔을 때 신용카드 회사를 방문했는데
빌딩 앞에 괴기스러운 모습의 임신한 여자가
5층짜리 건물 높이로 서 있었다.
눈에는 세상을 향한 분노를 가득 품고,
임신한 배는 마치 해부당한 것처럼 속을 다 내보이면서 말이다.

"누가 이런 징그럽고 경악스러운 작품을 만들었나?"
조각의 제목은 〈처녀엄마〉로 그걸 만든 사람이 바로 허스트였다.

우리의 현대미술은 지금 어디로 가고 있는가?
가장 권위 있는 미술평론가 '로버트 휴스(Robert Hughes)'는
허스트를 두고, 이 한마디로 평가한다.

"유치하다!(tacky)"
피카소와 반 고흐가 울고 있겠다. 하지만 허스트는 다시 말한다.

"미술은, 자본주의 사회에서 최고의 투자다.
나는 그 투자를 돕는 것이다."

자본주의 사회에서 현대미술은 돈과 공생관계를 유지하며 살아간다.
때때로 돈과 지나치게(?) 친해 보이는 현대미술.

록스타와 결혼

최근에 서태지의 비밀결혼과 이혼이 전국을 떠들썩하게 만들고 있다.
4 · 27 재보선보다 더, 리비아 내전보다 더,
심지어 후쿠시마 원전사고보다 더하다.

그만큼 연예인의 사생활은 대중들에게 큰 관심거리가 되고 있다.
그러니 연예인은 당연히 돈을 많이 벌어야 한다. 왜냐?
대중들의 권태스러운 일상생활에 다양한 화젯거리로
즐거움을 주기 때문이다.

나도 음악가로서 한번 생각해봤다.
'왜 록스타들은 행복한 결혼생활을 하지 못할까?'

그러고 보니 정말 행복한 결혼생활을 누리고 있는 사람이 하나도 없다.
'믹 재거'도 이혼을 두 번이나 당하고, 비틀스의 '폴 매카트니'도
재작년에 수천만 달러를 빼앗기지 않았는가? '빌리 조엘'은 또 어떤가?
또 80년대 혜성같이 나타난
'건스 앤 로지스'의 멤버 '엑슬 로즈(Axl Rose)'는
마누라 폭행 구타 등으로 감옥까지 갔다와서 이혼당하지 않았는가?
그리고 팝의 황제 '마이클 잭슨(Michael Jackson)' 은
제대로 결혼생활을 못하고 죽지 않았나?

대체 그 이유가 뭔지 큰곰이 살펴봤다.

첫 번째, 록스타들은 '자아'에 너무 빠져 있게 된다. 늘 새로운 음악을 만들어 내고, 수 천 수 만 팬들이 열광하는 '우상 같은 존재'가 되니까 그럴 수밖에 없지 않겠나?

두 번째, 너무나도 VIP 대접을 받으니까 자기가 마치 '신'인 줄 안다. 이걸 'God Complex'라고 한다.

세 번째, 항상 여성 팬들의 유혹이 주변을 맴돈다. 이것도 하루 이틀이지 어느 마누라가 참을 수 있겠나?

네 번째, 마음대로 돌아다니지도 못하고 식사 한 끼 마음대로 할 수가 없다. 늘 가발에 선글라스, Camouflage, 즉 변장을 하고 다녀야 한다.

다섯 번째, 록스타들은 항상 세계 콘서트 투어를 하기 때문에 4~5개월씩 집을 비우고, 자연히 아내와도 떨어져 있게 된다. 그리고 무엇보다도 록스타들의 가장 큰 문제는 그 사람들이 스타가 되기 이전부터다. 대부분 학교나 사회에서 '왕따'를 당한, 소외된 인물인 경우가 많다. 전체 조직에 섞이지 못하는 '적응 불능'의 인물들이다.

이런 록스타들과 사는 것도 1~2년이지, 5년, 10년 가봐라.
어느 마누라가 이걸 견뎌내겠는가?

Takamine

소음공해

서울시에서 발표하기를, 2년 사이에 소음과 관련된 민원이 50% 증가했다고 한다. 나도 몇 년 살면서 소음공해가 심하다는 걸 느끼고 있다. 이런 소음공해는 여러 장소에서 느낄 수 있는데, 곳곳에 있는 공사장의 소음들과 거리의 상점마다 틀어놓은 야외 스피커는 나를 더더욱 놀라게 한다. 이러한 소음은 서양사회에서는 불법이다.

다들 아시다시피 나는 음악가이기에 남들보다 조금은 더 예리한 귀를 갖고 있지 않는가? 소리에 참 민감한 편이다. 그런데 거리를 지날 때 여기저기서 '쾅쾅' 울려대는 소리에 나는 완전 정신병에 걸릴 것 같다. 나는 개인적으로 음식점이나 커피숍을 갈 때 웬만하면 음악이 나오는 곳은 피한다. 왜냐하면 상대방과 대화하는 게 중요하지 내 취향에 맞지도 않은 음악을 억지로 듣고 싶지 않기 때문이다.

내가 방문한 도시 중 소음공해가 가장 심한 곳은 뉴욕이다. 앰뷸런스와 경찰 사이렌 소리가 30분마다 울린다. 완전 공포다. 총기사건 범죄가 그렇게 많다는 이야기다.

그 다음의 도시로는 터키의 이스탄불이다. 하루에 다섯 번씩 사원에 기도하러 오라는 알라의 울음소리(Call to Prayer)! 사원이 500개 이상이나 되니 아침 7시부터 전도할 때 울려 퍼진다. 이곳을 방문했을 때는 양호가 태어난 지 백일쯤 됐던 때라서 양호가 완전히 겁먹고 울었었다.

반대로, 큰곰이 방문한 도시 중 가장 조용한 곳은 독일의 뒤셀도르프이다. 독일의 5대 도시 중 하나지만 너무 조용해서 낮잠만 오더라.

이런 걸 종합해 보면 그래도 서울은 양호한 도시다. 얼마 전 서울시에서는 2014년까지 소음 관련 민원을 40%까지 줄이겠다고 발표했다. 즉, '조용한 서울 만들기'를 시도한다는 것이다. 반가운 소식이다.

나는 생각한다. 〈행복의 나라로〉라는 우리 프로그램이 한국에서 방송된다는 게 얼마나 다행인가 하고 말이다. 뉴욕에서는 버스나 택시에서 라디오를 트는 게 불법이기 때문이다. 그런 의미에서 나와 여러분은 참 행복한 사람들인 것 같은데요.

터키, 이스탄불 1

30년 전 '네스린'이란 터키 여인을
뉴욕의 사진 스튜디오에서 만났다.
그녀는 정말 아름답고 센스있는 조수였다.
특히 그녀의 '벨리댄스'는 정말 아름다웠는데,
30대의 큰곰이 유라시안의 아름다움에
매혹되지 않을 수가 없었다.

그녀에게 늘 터키 이야기를 듣고
'언젠가 꼭 터키에 가야지' 하고 마음만 먹다가
드디어 이번에 결심! 그래 더 늦기 전에 가야지!
두 딸을 데리고 터키를 향해 출발했다.

"룰루랄라~~" 재미있을 줄 알고 갔더니, 아니 이럴 수가!

사원에서 기도시간을 알리는 천둥 같은 울음소리에
나와 옥사나도 놀랐지만
우리 양호는 겁이 나서 울기 시작한다.
그 순간, 여행이고 뭐고 배탈 나지 않고 아픈 데 없이
안전하게 있다가 집으로 돌아갈 수 있을지 정말 무서워졌다.

과연 큰곰은 무사히 여행을 마치고
아무 탈 없이 돌아갈 수 있을까요?

터키, 이스탄불 2

드디어 터키에서의 첫날 밤, 창 밖에는 환한 보름달 아래, 큰 사원의 돔 기둥이 압도적이었다. 다음 날 아침, 한씨 가족 셋 바로 사원으로 출동. 벌써 2백여 명이 줄을 서서 기다리고 있었다. 블루 모스크는 바티칸 성당과 견줄만한 규모의 아름다움으로 전 세계 사람들의 발길이 끊이지 않는 명소다. 역시 입장하자마자 입이 벌어지지 않을 수 없었다.

카펫이 깔린 웅장한 사원은 축구장 크기의 규모였고, 100여 미터로 솟아 있는 사원 돔은 섬세한 모자이크로 장식돼 있었다. 인간의 창조성이 이렇게 대단할까? 감탄하지 않을 수 없었다. 여기저기서 기도 소리가 들리는데 여자 신도들은 작은 칸막이 뒤에서만 기도를 할 수 있었다. 이 차별 대우에 놀랄 수박에 없었다.

그리고 다음 코스는 그랜드 바자. 터키의 유명한 시장으로 우리나라 남대문 시장의 열 배 규모나 된다. 가죽 · 도자기 · 실크 · 캐시미어 · 맛있는 음식 등등 없는 게 없었다. 우리 한씨 가족은 제일 먼저 가죽 코트 하나씩을 사 입었다. 가격은 생각보다 꽤 비쌌다. EU 가입을 위해 유럽 수준으로 물가 정책을 세우고 있기 때문이란다.
그런데 쇼핑을 하다 보니 어여쁜 동양 여자가 웃고 있다. "안녕하세요. 선생님. 바로 저 비행기 함께 타고 온 스튜어디스입니다." 하하. 이효리만큼 아름다운 스튜어디스 언니와 포옹을 하고 터키식 커피 한 잔을 마시면서 한바탕 웃었다. 아름다운 여성과 함께 해서일까? 이날 마셨던 터키식 커피는 더욱 더 향기롭고 아름다웠다.

EMİNÖNÜ
BELEDİYESİ

터키, 이스탄불 3

터키는 이슬람국가 중에 가장 진보적이고 부유한 나라다. 특히 먹을거리가 풍부한데 칭기즈칸의 후예인 옥사나와 양호는 아침 · 점심 · 저녁 · 간식까지 양고기 수프, 양고기 스테이크, 양고기 케밥, 모두 양고기로 좋아 죽는다. 나 역시 양고기를 엄청 좋아한다. 뿐만 아니라 생선류도 양호하다.

또 터키의 민속춤 '월링댄스'라는 게 있다. 남자들이 치마를 입고 세 시간 동안 빙글빙글 도는 춤인데, 빈혈이 일어날 정도로 돌다 보면 신과 더 가까워진다고 해서 이런 공연을 한다고 한다. 멋진 공연을 보고 나서 노천카페에서 멸치볶음과 함께 터키식 맥주를 마시는데 그야말로 예술이었다. 아. 그리고 우리 양호를 그렇게 예뻐해 준 터키 사람들에게 '태세큐 에드랑(감사합니다)' 하고 싶다.

우리는 여행을 마치고 아름다운 서울로 향했다.
인천 공항에 도착하자마자 갑자기 겁이 났다. 혹시 내 직장이 아직 있을지~. 도착하자마자 피디에게 전화를 했다.

"이 피디님 내 안 짤렸죠?"

Roni
Ayse
ile
Ayten

하루살이 인생

음식점에 가서 버릇없는 행동을 하는 아이들을 볼 때마다
"참 저 부모들 왜 애를 저렇게 키웠을까?" 하고 나무랬다.
양호를 처음 낳았을 때 여기저기서 탄생 축하 파티가 끝나고
예선에서 본선으로 진출해 보니, 아이를 키운다는 것, 너무나도 힘들다.
러시아 탱크적인 어머니의 고집, 나의 왕고집.
그러니 양호의 고집은 세계신기록에 도달할 만하다.
게다가 식성은 또 어찌나 까다로운지.
고구마와 밤을 아예 쳐다보지도 않는다. 엄마가 싫어해서 그럴까?
그런데 다행히 밥은 좋아한다.

큰곰도 아버지 역할 2년 동안 느낀 것이 있다. 선천적인 특성이 99퍼센트인 것 같다. 내가 양호의 취향에 영향을 미칠 수 있는 부분은 1퍼센트밖에 안 된다고 생각한다.
어떻습니까? 경험 많은 행사모 식구 여러분! 내 말이 맞습니까?

"One day at a time"라는 말이 있다. 절망의 계곡에 빠져서 인생에서 헤어나지 못할 때 미래는 생각하지 말고 오늘에 충실하란 말이다. 그래서 저녁에 퇴근 후 두 딸을 위해 식사를 준비하고, 작은딸을 목욕시키고, 몸이 안 좋은 큰딸을 안정시키고, 나란히 누워서 코를 골고 잘 때 나는 조용한 미소를 짓는다.

"아, 오늘 하루도 무사히 지나갔구나!"

FARE
ARMAY

노 섹스 앤드 시티

1989년도 일본 공연이 성공적으로 끝난 후, 나는 매년 대형 콘서트와 앨범을 발표했다. 놀랍고 고마운 재출발이다. 뿐만 아니라 작가가 아닌 나를 보고 책을 쓰라고 줄을 서서 기다리는 것이다. 그러다 보니 이 엉터리 작가가 벌써 여섯 권이나 책을 썼다. 출판계는 미국이나 한국이나 전부 다 여자다. 미국 출판계에 제법 명성을 올린 아버지 하워드 한 밑에서 3년 동안 세일즈맨으로 일한 적이 있다.

사이먼 앤 슈스터, 크라운, 랜덤하우스, 하퍼트 앤 로우 등의 세계적인 출판사와 거래했다. 그런데 사무실에 들어가면 전부 다 여자다. 책을 만드는 과정에서 여자 편집장이 밥을 먹으면서 하는 말이다.

"선생님, 난 뉴욕에 살고 싶어요. 〈섹스 앤드 시티〉 보니까 너무 멋진 것 같아요."

그래서 나도 드라마를 몇 번 봤는데 어처구니가 없었다. 완벽한 거짓말이었다. 최하 2천에서 3천 달러 되는 아파트에 살면서 브런치나 먹어가면서 명품 가방과 하이힐을 신고 다닌다니 그야말로 소설이다. 그리고 온갖 사람이 모여 사는 대도시에서 어떻게 바로 사랑을 나누느냐?

사실상 뉴욕과 샌프란시스코는 소돔(Sodom)과 고모라(Gomorrah)라고 불린다. 또, 게이 인구가 너무 많아서 놀랄 것이다. 미국 싱글 여성들 사이에서 하는 조크가 있다. 첫 번째 결혼하고 싶은 남자는 다 유부남. 두 번째 내가 원하는 남자는 다 게이다. 옛날에는 바(bar)에서 여자가 윙크를 하면 남자들이 바로 달려갔지만 요즘은 도망가기에 바쁘다. 요즘 뉴욕에서는 연인들이 깊은 관계를 가지기 전에 에이즈 검사를 하는 것이 관례이다.

하지만 이 뉴욕 라이프스타일 홍보영화가 전 세계 싱글 여자들에게 큰 영향을 준 것 같다. 특히 1968년도 페미니스트 운동이 뉴욕에서 성공하고 나서부터.

깨어나라! 한국 싱글 여성들이여. 섹스 앤드 시티는 없다.

TO:
FROM:
Santa baby

ONE WAY
amfAR

한류?

최근 몇 년 전부터 '한류'라는 말이 미디어에서 등장하기 시작했다. 우리나라 아이돌 그룹이나 배우들이 동남아에서 인기를 얻을 때 무조건 한류라는 이름을 붙이기 시작했다. 외국에 자주 나가는 사람은 그게 대단한 것이 아니라는 사실을 알지만, 그렇지 않는 사람들은 무슨 세계적인 한국문화 태풍이 지나가는 줄 알 것이다.

예를 들면 일본은 스티븐 스필버그가 존경하는 구로자와 아키라 감독과, 우디 앨런이 존경하는 오시마 나기사도 있고, 미야끼 이세가 있다. 그리고 작년부터 토요타가 지엠과 포드를 물리치고 세계 1위의 자동차 회사가 되었다.

뿐만 아니라 이미 1963년에 빌보드 1위를 한 큐 사카모토의 〈스키야키〉가 있지 않는가? 그것도 일본말로 부른 것이 큰 히트를 했다. 중국에는 장이모 감독부터 무술영화의 왕자 브루스 리와 재키 찬까지 있지 않는가? 금세기 로스트로포비치를 능가하는 요요마는 어떻고? 물론 우리 스타들이 분명히 세계적인 역할을 많이 하고 있는 건 사실이다. 하지만 이것을 한류라고 부르는 것은 어불성설이다.

우리는 아직 세계적인 히트곡이 없다. B급 무술영화 한두 편 출연한다고 월드스타가 되는 것도 아니다.

한류라는 것은 200년 동안의 과거 강대국의 지배 아래에서 우러나는 열등감 때문에 최근 얻어낸 독립심의 발전에 대한 허위 프라이드다. 그리고 약간 민족주의적인 의미도 내포돼 있다.

나는 이것이 위험하다고 생각한다. '한류' '한류'하며 너무 호들갑 떠는 것은 우리 문화발전에 도움이 되지 않는다. 그냥 일본에서 열정적인 인기를 얻는 배용준, 미국에서 큰 인기를 얻는 비, 이렇게 하는 게 나을 것 같다.

한류를 내세울 것이 아니라 그야말로 세계적인 히트 메이커가 될 수 있는 스타를 키울 때이다.

Đầu tư
x@ hội
THÔNG TIN
PC WORLD VIETNAM
THẾ GIỚI VI TÍNH
THỊ TRƯỜNG
BỘ SƯU TẬP NGÔI SAO
RAIN (Bi)
SỨC KHỎE
THUỐC & SỨC KHỎE
MỐT
Quà tặng
BÁN NGUYỆT SAN CHÂM BIẾM VÀ TRÀO PHÚNG
tuổi trẻ
Phụ nữ Việt nam
TÌNH YÊU & HÔN NH
THỜI TRANG TRẺ
new fashion
Tiếp thị & Gia đình

지하철 파업

요즘 철도 파업을 경험하고 있으니 1980년에 있었던 뉴욕의 지하철 파업이 생각난다. 당시 뉴욕시장은 폴란드계 유태인 '에드 카치'였다. 3만 7천 명의 직원이 총파업을 하자 뉴욕이라는 대도시는 마비가 됐다. 게다가 버스노조까지 파업을 했다. 당시 유태인 시장은 처음이었으므로 뉴욕에서의 반 유태인 감정도 상당했다. 그래서 시장에게 탓을 돌리는 사람도 많았다.

그런데 어느 날 아침, '에드 카치' 시장이 텔레비전 아침 뉴스에 나타났다. "뉴요커 여러분! 나와 함께 걸어 다닙시다." 그러면서 브루클린에 있는 자기 집에서 다리를 건너 시청 앞까지 걸어서 출근하는 것이다. '에드 카치' 시장이 저 정도로 과감한가? 그래서 많은 시민들이 걷거나 카풀을 하기 시작했다. 나도 당시에 뉴욕에 있었는데, 맨해튼 중심가까지 40분이면 걸어서 출근할 수 있었다. 이틀 정도는 굉장히 불편했지만 사흘째 되니까 휘파람도 불면서 즐겁게 걸을 수 있었다. 그때는 아름다운 4월의 봄날이었다.

다행히 파업은 11일 만에 끝이 났다. 그리고 뉴요커들은 '에드 카치' 시장에게 박수를 보냈다. 이후로 '에드 카치' 시장은 뉴욕 길거리를 걸어 다니면서 시민들에게 "How am I doing(저 잘 하고 있죠)?" 하면서 엄지손가락을 내밀었다. 나 역시 '에드 카치' 시장이 지나가는 걸 보고 손을 흔들었더니 나에게도 "How am I doing?" 하면서 엄지손가락을 내밀었다.

News

VISIT THE RESTAURANT
BUBBA GUMP SHRIMP Co.
PONTIAC
POLICE
NYPD
POLICE
NYPD
POLICE
12
COURTESY
PROFESSIONALISM
RESPECT

5 Av / 53 St

출근과 퇴근

"아, 피곤하다. 오늘 아침 또 출근해야 하는구나!"

부랴부랴 세수하고 옷 입고 지하철 타니까
나와 똑같은 표정을 가진 사람들이구나.
꾸벅꾸벅 졸고 있는 아줌마,
어제 한 잔 했는지 아직도 얼굴이 빨간 회사원 아저씨,
멍하게 뜬 눈으로 "아이고 오늘도 부장님 어떻게 대하지?" 하고
고민하는 회사원 아가씨.

아, CBS 문에 허겁지겁 뛰어 들어오니까 다행이다.
늦지 않았다. 나의 직장 동료들.
"안녕하세요. 자랑스런 출근 용사들."
그리고 방송이 시작된다.

"안녕하세요. 행복의 나라로 식구들 여러분~"

퇴근해서는 부랴부랴 마트에서 시장을 보고 두 딸을 챙긴다.
"아, 또 다시 피곤하다."

전에는 홍대 앞 카페에서 동지 음악인들과 예술을 논하고 정치를 논하고 또 가끔씩 양호한 여성 팬들이 내 옆에 앉으면서 말한다.
"한대수 씨 사랑해요. 싸인 좀 해 주세요."

이젠 그게 다 호랑이 담배 피던 시절이 되어버렸다.
그런데 얼마 전 마하트마 간디의 글을 하나 읽었다.

"해가 뜨고 해가 지는 일은 반복되고 매우 권태스러운 일이지만, 매일같이 해가 뜨고 해가 지지 않으면 이 지구의 모든 생명체가 죽을 것이다."

와! 감명 받았다.
내가 출근하는 것이 해가 뜨는 것이고,
내가 퇴근하는 것은 해가 지는 것이다.
이것이 우리 가족에게 생명체를 불어 넣어주는 것이다.

"좋다! 빨리 출근하자! 아, 피디님. 5분 후에 도착합니다."

BOSCH
NHÀ THUỐC

세계의 지하철

큰곰이 직접 경험한 세계의 지하철 1위에서 6위까지.

6 모스크바 지하철

출퇴근 시간에 굉장히 자주 오고, 공산혁명의 성과라고 자부한다. 문제는 너무 어둡다. 파리 지하철을 본떠서 역마다 1917년 공산혁명을 찬양하는 조각 장식으로 화려하다. 제일 무서운 것은 버려진 셰퍼드 개들이 지하철을 돌아다닌다.

5 뉴욕 지하철

지하철 노선은 많지만 100년 된 지하철이라 모든 시설이 노후됐다. 청소를 1년에 한 번씩 하기 때문에 구두가 달라붙는다. 그리고 앰프와 스피커 시설도 100년 됐는지 무엇을 방송하는지 알 수 없다. 출퇴근 때 아무 설명도 없이 고장났다고 내리라고 한다. 좋은 점이 있다면 그 더러운 지하철 역 한구석에 기타를 치며 고독하고 아름다운 소리를 들려주는 거리의 악사들이 있는 것이다.

4 상하이 지하철

디자인과 시설은 훌륭하다. 독일의 지멘이 설계했다. 중국은 대국답게 외제 자동차를 사는 게 아니라 공장을 아예 사버린다. 폭스바겐과 비엠더블유를 4년 전부터 중국내에서 설계한다. 지멘이 다 설계했으므로 세계적이다. 하지만, 아직 노선 공사중이다.

3 한국 지하철

국제도시치고 가장 최근에 만든 시설이라 넓고 깨끗하다. 기내 방송의 아나운서 멘트도 또박 또박 알아듣기도 참 좋다. 영어 · 한국어, 요즘은 중국어 · 일본어까지 나오더라. 아쉬운 점이 있다면 디자인에 더 신경을 쓰고, 큰곰같이 육십이 넘은 사람을 위해 에스컬레이터를 더 만들었으면 좋겠다.

2 파리 지하철

파리 메트로는 세계의 자랑거리로 유명하다. 역 하나가 마치 박물관 같다. 너무나 아름답다. 또 바퀴가 고무라서 조용하다. 문제가 있다면 소매치기가 진짜 많다. 자기의 친구와 친척들이 소매치기 당했다는 사람이 한둘이 아니다.

1 도쿄 지하철

노선도 많고 역사도 오래됐지만 한국만큼 깨끗하다. 그리고 더욱 좋은 점은 지하철 자체가 지하도시다. 먹을거리, 오락시설로 가득 차 있다. 또 JR은 국철과 연결이 되어 지하철만 타면 시골 구석구석까지 들어갈 수 있다. 그래서 나는 도쿄 지하철을 세계 1위로 뽑는다.

큰곰의 비전문적 주관적인 말이 맞습니까.

南北自由通路 Pedestrian Walkway 2F
駅ビル南エレベーター Bldg. South Elevator 2F~11F
レストラン街 Restaurants
大空広場 Sky Garden
室町小路広場 Muromachi Square
2F
市観光案内所 Kyoto City Tourist Information
駅ビルインフォメーション Bldg. Information

책임

마누라 옥사나가
뉴욕에 있는 국제 증권시장의 사무실장으로 13년 동안 일했다.
그 동안 회장을 두 분 모셨는데 10년 전 추수감사절에 조나탄 회장은
우리 부부를 자기 집으로 초대했다.

이건 큰 영광이다.
레스토랑에서 밥은 몇 번 먹었지만 집까지 가는 것은
그야말로 우리를 신뢰한다는 뜻이다.
역시 멋쟁이 회장답게 회장님 집은
신 소호라 불리는 트라이백가에 살고 있었다.
트라이백가는
50년대 미트패킹 디스트릭(푸줏간) 지역이 아파트 지역이 된 동네다.
JF 케네디도 살았고,
영화배우 로버트 드 니로가 노부라는 스시집을 경영하고 있는 곳이다.
이 집은 너무 인기가 좋아 예약을 3달 전에 해야 한다.

이 멋쟁이 동네에 들어서니 과연 예술이었다.
우리는 아파트 평수를 따지지만, 뉴요커는 천정 높이를 따진다.
하이실링이라고 천정 높이를 강조한다.

Out of food
Out of Dog food
PlEASE HElP
Godbless

회장님의 집은 옛날 정육공장으로 큼직한 하이실링이었다.

두 번 결혼해서 아이가 넷이나 되고 회장으로서 제일 일을 열심히 했다.
새벽 4시 출근, 오후 5시 퇴근.
특히 아시아 증권시장을 파악한다고 일찍 출근한다.
또 과거엔 영화 프로듀서로서 미디어아트에 관심이 많았다.

거실에 들어서니 이쪽은 앤디 워홀, 저쪽은 줄리앙 시나벨 원작,
또 특히 큰곰이 좋아하는 잭슨 폴록 작품이 나를 쳐다보는 게 아니냐.
숫자로만 계산해도 100억.
그야말로 신재벌이 아니라 진짜 귀족이 아닌가?

그리고 칠면조 요리가 나왔다.
8시간 동안 구운 요리, 메쉬포테이토, 옘, 크렌베리 소스와 듬뿍 담아
먹으니 너무너무 행복했다.
배가 너무 불러서 일어날 수가 없었다. 와인도 몇 잔 마셨다.

그래서 내가 회장님께 이렇게 말을 건넸다.
"회장님, 너무 많이 먹어서 집에 갈 수가 없겠네요."

"유 아 리스판서블 포 유어 액션스."

오 이게 무슨 말이야? 뒤통수를 맞은 것 같았다.
내 행동에 내가 책임지라니.
항상 아는 말이지만, 회장님이 하니까 바로 가슴에 들어왔다.
뉴욕의 지하철을 타고 가는 중 다시 그 말이 생각났다.

"내 행동에 내가 책임져라."

이것은 간단하지만 많은 말을 내포하는 말이다.
우리 사회가 자기 행동에 책임을 졌다면 얼마나 양호한 사회가 될까?
즉 행실이 올발라야 한다는 말이다.
아직도 그 말이 기억난다.
과연 내가 내 행동에 책임을 지고 있는가?

아직 노력 중이다.

신 노예 멤버십 플라스틱

최근에 비극적인 신용카드 빚에 관한 뉴스가 자주 등장하고 있다. 우리의 카드 현재와 미래를 알려면 이 시스템을 창안해 낸 미국의 과거와 현재를 알면 컴컴한 터널의 빛이 보일 것 같다.

신용카드는 1949년 미국 뉴욕백화점 재벌 블루밍 계열의 손자인 '알프레드 블루밍 데일' 계열이 '다이너스 클럽'을 설립하여 재벌들이 식사를 할 때 수천 달러씩 주머니에 넣고 다니는 것이 귀찮아서 쉽게 밥을 먹으라고 창안해 낸 멤버십으로 시작했다. 너무나 인기가 많았다.

헨리 포드 회장은 매일 저녁 고급 음식점에서 고객들과 식사를 했고 또 마누라, 딸, 여러 애인을 대접해야 하기 때문에 이 시스템이 인기를 끌지 않을 수 없었다. 그러다 58년에 블루밍 계열뿐 아니라 은행에서 재벌들만의 클럽뿐만이 아니라 서민층에 풀자고 해서 드디어 지금 현재 전 세계로 퍼진 플라스틱이 일반화되기 시작했다.

그 결과 미국은 현재 수천 만 명이 파산신고를 한다. 그래서 파산법도 까다롭게 만들었다. 우리 인간은 항상 자기 버는 돈 이상을 쓰기 마련이다. 물질 욕망은 끝이 없으므로. 동료들과 나가서 단물을 마시고 "야 오늘은 내가 쏜다" 하고 삼십만 원을 쓰는 것은 쉽지 않는가.

만약 현금을 세어서 지불한다고 생각해 봐라. 쉽지 않을 것이다. 그리하여 서민층은 빚더미에 오를 수밖에 없다. 카드는 자본주의 사회의 상위 3퍼센트의 부자에겐 상당히 편리하고 효율적이다. 어차피 일등석을 타고 다니고 고급요리를 즐기므로. 세금 신고에도 편하고 또 보너스 포인트가 붙지 않는가. 하지만 서민층에겐 지옥의 첫 걸음이 되는 지름길이다.

큰곰이 수십 년 미국에서 살고 공부를 하면서 신용카드 뒤에는 부유층과 정부의 음모가 있다는 것을 느꼈다. 80퍼센트가 되는 서민층에게 빚이라는 무거운 짐을 지게 해야만 온순하게 일을 하고, 빚을 갚게 만들고, 불만이 있더라도 특히 다문화 다인종이 살고 있는 미국 같은 나라에서는 혁명을 일으킬 생각을 못하게 하는 전략이 있다는 생각이 든다.

우리나라는 플라스틱이 일반화 된 지는 20여 년이 됐으므로 플라스틱의 폭발에 대한 위험성을 아직 모르는 것 같다. 큰곰도 이 카드 때문에 한평생 고생해 왔다.

여러분! 플라스틱을 자르고 인생을 찾으세요.

LANCÔME

쓰레기봉투

몇 년 동안 서울에서 살면서 이해가 잘 가지 않는 것이 하나 있다. 그것은 쓰레기 규격봉투다. 왜 이걸 돈 주고 사서 버려야 하는지 아무리 생각해도 이해가 되지 않는다.

그 비닐 봉투가 바이오 디그래더블(분해 부패되어서 흙으로 변화되는 것, 즉 잘 썩는 것)도 아니고, 왜 집에 있는 비닐 봉투를 쓰면 되지 돈을 주고 사는 건지. 이건 지구를 더더욱 공해로 만드는 것이다.

누가 이런 회사와 정부와 계약을 해서 가만히 앉아서 방귀만 뀌고 돈을 버는지, 서울은 인프라스트럭처가 잘 된 도시인데 길거리에 버려진 여러 쓰레기가 날 피곤하게 한다.

내가 경험한 시스템 중에서 가장 최고의 시스템은 브라운 옐로우 그린 이렇게 해서 분리 수거하는 시스템이다. 이게 독일에선 이십 년 동안 습관화되어 있다.

우리도 이 부분만 해결되면 서울은 그야말로 아름다움의 빛을 발하는 도시가 될 것이다.

THINK
NOT

DL 5C

중독

가까운 친구를 만나기 위해 중독 치료센터로 갔다.
그런데 놀랍게도 고등학생들이 눈에 띄었다.

"간호사님, 저 어린 애들은 어떻게 여기에 왔죠?"
"조기 유학해서 약물 중독 치료를 받은 아이들입니다."

아~ 이렇게 되는구나.
내가 뉴욕에서 고등학교 다니던 1960년대 중반은
비틀스의 공격과 함께 미국 학생들은 마약을 접하게 됐다.
마리화나를 안 피우면 왕따를 당할 정도였으니까.
그리고 너무 새로운 유행이었기 때문에
정부의 단속법도 마련되지 않은 상황이었다.
우리가 아는 유명인사인 엘 고어, 클린턴, 오바마까지도
다 경험한 사람들이다.
조지 부시도 한 때 코카인 중독이기도 했고…….

요즘은 대학교뿐만 아니라 중 · 고등학교부터
조기유학을 보내는 중산층이 많다.
이 부분을 먼저 알고 예방교육을 받아야 한다.

몇 년 전부터 성교육이 논란이 되고,
지금은 실행되고 있듯이 알코올 · 마약 예방교육이
더 강력하게 시행되어야 한다.
9시 뉴스에 마약 밀수 보도가 나오는데 이유는 간단하다.
미국과 유럽에서 골머리를 앓고 있는 문제가 우리에게도 생긴 것이다.
즉 우리도 부자나라가 됐다는 그 말이다.

마약 밀수업자들은 사형을 각오하고 하는 비즈니스이기 때문에
돈이 안 되면 절대 그 사업을 하지 않는다.
현재 전 세계의 마약사업은 자동차사업을 능가한다.

특히 스위스 취리히에서는 깨끗한 공짜 바늘까지 공급하고 있다.
오죽했으면 그 공원을 '니들 파크'라고 할 정도이겠는가?
이유는 마약은 하되 에이즈는 걸리지 말라는 것이다.

민생고가 해결되면 인간은 향락을 쫓기 마련이다.
어떻게 더 즐겁게 기분 좋게 살아야 하는가가 가장 큰 문제이다.
또 중국의 아편전쟁도 있지 않는가.
영국의 식민지 인도에서 재배한 것을 중국에 헐값으로 뿌린 거다.
마약으로 식민지화 시키려고 한 사건,
이제 우리도 심각하게 고민해 보아야 한다.

지하철 노약자석

바로 어제 생긴 일이다. 꽉 찬 퇴근길 지하철에 큰곰은 양호하게 앉았다. 왜냐하면 노약자석이 있지 않는가. '아이러브 코리아' 한국이 최고다. 그런데 내 옆에 앉아 있는 할아버지가 수다쟁이다. '아이고, 한 시간 동안 피곤하게 됐구나.' 그렇게 생각하고 있는데 바로 앞에 키가 190센티미터가 넘어 보이는 서양 남자들이 우리 앞을 가로막고 있다. 이 수다쟁이 노인이 말을 건넨다.

"저 사람 미국 사람 맞아?"
"내 생각에는 이스라엘 사람 같은데요."
그러니까 이 주책 할아버지가 다시 그들에게 되묻는다.
"당신 이스라엘 사람이야?"
중간에 한국말을 잘하는 사람이 "맞다"고 한다.
"그럼 너희들 유태인이잖아? 유태인이 예수 그리스도 죽였잖아?"

그러자 이스라엘 사람이 "그건 기록이 잘못된 역사"라고 말한다. 이 사람 알고 보니 한국에서 꽤 오래 사업을 한 사람이더라. 그러면서 "안중근 의사가 죽을 때 일본 사람이 죽인 거냐? 한국 사람이 죽인 거냐?" 하고 반문한다. 예수 그리스도는 유태인이 죽인 것이 아니고, 로마 제국시대에 로마인이 죽인 것이라고 말한다. 순간 정확한 비교는 아니지만 무슨 말인지 이해가 갔다.

내가 1950년도에 뉴욕에 도착했을 때는 앵글로색슨, 즉 영국계 유럽계 사람들이 정치 경제권을 장악하고 있었다. 하지만 2010년 현재는 패션 금융 영화산업 심지어 시장도 블룸버그가 8년째 하고 있다. 즉 뉴욕이 뉴 텔러비브(Tel Aviv : 이스라엘 수도)가 되고 있다.

그때만 해도 동양 사람은 무조건 '칭크' 흑인은 무조건 '니거' 그리고 유태인은 '쥬스' 하고 비하했다. 그런데 유태인이 정치 경제권을 잡고 나서 미국을 완전히 바꾸어 놓았다. 과거엔 일요일은 비즈니스를 절대로 하지 않았다. 일요일에도 일을 하기 시작한 것이 20년이 됐다. 노동자들에겐 좋긴 하다. 유태인이 쉬는 날도 쉴 수 있기 때문이다.(유태인은 금요일 저녁과 토요일까지가 안식일이다) 나도 역시 대물결의 흐름과 같이 이유도 모르게 유태인을 싫어하기 시작했다. 중세 베니스 영화 책부터 히틀러까지 주류에 빠진 것이다. 하지만 유태인 사장을 수십 년 모시고, 옥사나도 모시고 느낀 점이 나쁜 유태인도 있고 착한 유태인도 있다는 것이다.

색안경을 벗고 유태인을 볼 때 그 사람들의 천재성을 인정할 수 있다. 생각해 봐라. 아인슈타인부터 스티븐 스필버그 감독까지 다 유태인이지 않느냐. 그 사람들의 강점은 종교 자체가 민족이 되는 아주 유일한 그룹이다. 그리고 중세 유럽부터 미움받았던 것이 모세와 하나님과의 성스러운 계약 'Covenant of God(하나님을 유일신으로 모시겠다는 약속. 유태인은 하나님으로부터 선택 받은 민족이라는 약속)'. 유태인은 하나님만 택하고 하나님은 유태인만 선택했다는 것 때문에 가장 핍박받았음에도 성공하지 않았는가? 할 수 없다. 우리는 이대로 인정하고 같이 공존하고 배워야 한다.

Bank of America
Penn
Station

MANHATTAN
CENTE

와 딸기!

며칠 전 슈퍼마켓에 가니까
먹음직한 딸기를 벌써 세일하고 있었다.
옥사나는 깜짝 놀랐다.
이 한겨울에 우크라이나 생각이 난다며
한 박스를 샀고 때마침 친구가 와서 맛있게 먹었다.
그런데 이게 뭐야. 하나 씹는데 돌이 씹힌다.

"야, 우리 옥 선생! 이게 뭐야.
물도 못 끓이는 건 알겠는데 딸기도 씻을 줄 몰라?"

한마디 하고 보니 아뿔싸 씹히는 건 돌이 아니고 내 이빨이었다.
다음 날 치과에 가보니 임플란트 네 개가 필요하다고 한다.
생각해 보니 맞는 말이다.
먹는 재미 빼면 살 의욕이 없지 않는가.
돈도 돈이지만
겁쟁이 올림픽 금메달리스트인 큰곰이 어떻게 참을까.
7개월이나 걸린다는데.

간단히 말해서 내 몸은 이제 교체 부품이 필요하다.

안경 쓰는 것도 귀찮아서 눈도 새로 있었으면 좋겠고,
심장도 약해서 심장도 새로 있었으면 좋겠고,
억만장자 애플사 스티브 잡스는 간을 새로 교체하지 않았는가?

하지만 우리 인간은 자동차가 아니지 않는가.
그러니 노후 과정에서 내 자신은 더욱 더 착해져야겠고,
귀는 열고 입은 닫아야 할 것 같고,
창작의 소리가 나의 대문을 때리지 않을지라도
오늘 하루가 가장 중요하다고 생각해야겠다.

여러분! 오늘이 최고의 날입니다.

DL·1T 5429

엑스큐즈 유

박사학위 논문을 쓰러 온 재미교포 여학생이 한국에 와서
나를 인터뷰하고 싶어한다. 주제는 〈한국 음악의 현재〉라고 한다.

우리 집에 오자마자 내뱉는 말이
"Koreans have no sense of space. They are so rude!"
(한국 사람들은 공간 개념이 없다. 막 밀고 다니고 모욕적이다)이다.

또 교포들의 전형적인
"듀얼 아이덴터티(이중적 정체성)"에 대해서 말한다.
한국에 오면 미국 사람이 되고,
미국에 가면 한국 사람이 된다는 뜻이다.

옥사나도 항상 똑같은 말을 한다.

"도대체 한국 사람들은 왜 사람들을 밀고 다니면서
사과도 한 마디 안하느냐?"

그래서 옥사나는
밀릴 때마다 "엑스큐즈 유(Excuse You)"라고 한다.
'엑스큐즈 미'는 '실례합니다'라는 말이지만,
'엑스큐즈 유'는 사전에 없는 말이다. 옥사나가 만든 말이다.
즉 "당신 지금 실례한 거 아냐?" 하고 반문하는 것이다.
물론 나도 똑같이 느낀다.

하지만 나도 오랫동안 서울생활을 하다 보니 묘하게도
그들과 똑같이 행동하게 된다.
나도 사람을 살짝 밀고 가도 아무 말도 안하고
또 다른 사람이 살짝 밀어도 아무런 불쾌함도 못 느낀다.
하기야 인구밀도가 가장 심한 나라 아닌가?

서울의 출퇴근 시간은 번지점핑과 같다.
즐겁게 왼쪽 오른쪽 뒤로도 튕기고 재밌다.
물론 우리가 일본 사람들같이
'스미마생'을 입에 백 번씩 달고 다닐 필요는 없을 것 같다.
하지만 가끔씩 "실례합니다" 하는 것이 더 양호하지 않을까.

엑셀의 결함이냐 음모냐?

작년부터 토요타는 지엠과 포드를 제치고
세계 1위 자동차회사가 됐다.
하지만 작년 11월에 미국의 공중파 3대 방송 중 하나인
ABC TV의 '버나드 로스'라는 리포터가
토요타가 끔찍하게 추락하는 장면만 모아서 폭로를 했다.
미국인들은 깜짝 놀랐다.
'토요타' 하면 품질 보증은 완벽하고 고장도 안 난다는 차로
미국 내에서 매년 백만 대 이상 팔리는 차인데 '엉터리라고?' 하고
놀랄 수밖에 없었다.

그리고 리콜에 들어갔다. 지금 현재 약 400만 대.
이 엄청난 리콜에 토요타가 파산할 것이라고 보는 전문가 의견도 있다.
큰곰 생각에는 그런 사태까지는 가지 않을 것 같다.
1934년도에 설립된 토요타는 세계 대재벌회사 중의 하나다.
뿐만 아니라 야마하 모터스와 후지 중공업 등의 대주주이기도 하다.

하지만 문제는 회사의 명성이 완전히 땅바닥에 떨어진 것이다.
남의 불행이 우리의 행복이란 말도 있는데
나는 그렇게 생각하지 않는다.

HP
अमेरिकन

잠시 동안 지엠 포드나 현대가 조금 더 많이 팔릴 것이다.
하지만 우리도 이 사건에서 배워야 한다.
미국에서 대 성공을 거두어
미국 회사를 파산까지 만들 경우에 온 후폭풍이다.

생각해 봐라. 인도 자동차가 우리나라에 들어와서
가격도 양호하고 품질도 양호할 경우
우리 현대차가 파산신고 했다고 가정하자.
그러면 우리 국민이 어떻게 하겠는가.

이 관념으로 보면
미국의 미디어나 국민들의 반응이 약간은 이해가 될 것이다.
그리고 큰곰의 수십 년 동안의 경험으로 볼 때
미국인은 매우 착하고 친절하다.
하지만 자기의 생존에 위협을 느낄 때는 완벽하게 적을 무찌른다.
미 대륙의 인디언 종족의 말살과
일본의 원자폭탄 투하를 한 번 아닌 두 번이나 한 걸 봐라.
우리도 기뻐하기보다는 고민해 봐야 할 문제다.

EICHER
UP 80
AF
9036
ROAD HORN PLEASE KING

올림픽의 승리

1964년도 오스트리아 인스브루크 동계올림픽에서
한국선수가 스키 슬로프를 내려오는 데 열 번 이상 넘어졌다.
물론 꼴지였고 이것을 미국에서는 재밌다고 하루 열 번 이상
반복으로 방송했었다.
그들은 웃었지만 나는 울었다.
그 다음 날 학교에 가니 친구들은 나를 보고 놀려댄다.

"야 너희 칭총들은 스키나 탈 줄이나 아냐."

하계올림픽은 기구나 돈이 그다지 필요하지 않다.
1960년 로마올림픽과 1964년 도쿄올림픽의 마라톤에서
두 번이나 금메달을 딴
가장 가난한 나라 중 하나인 에티오피아 출신의
'비킬라 아베베' 선수의 예를 들 수도 있다.
그것도 운동화가 불편하다고 맨발로 뛰었다.

그리고 지금 '우사인 볼트' 역시 가난한 나라 자메이카 출신이지만
이 사람은 인간이 아니라 기계 같다.
뛸 때마다 신기록이 생기는 것 같다.

MIDTOWN
COMICS
NYC
news
STAND
NEW YORK
LOTTERY
GAMES
news
STAND
Labeleca
PIZZA
869-9605

동계올림픽은 첫째 눈이 필요하고, 둘째 돈이 필요하다.
남미의 대국 브라질은 눈이 없다.
또 눈이 많은 우크라이나는 돈이 없다.
재작년 옥사나와 양호가 우크라이나에 갔을 때
온수도 없고 먹거리도 없어서 엄청 고생한 기억이 있다.

한국의 이번 올림픽의 승리는 한국인인 내가 놀라고 있는데
전 세계는 얼마나 놀랐을까.
분단된 이 작은 나라가
미국 · 노르웨이 · 스위스와 어깨를 나란히 하다니.
엄청난 기적이다. 우리가 4위를 하든 10위를 하든 관계는 없다.
우리 스포츠계와 경제계는 30년 동안 엄청나게 기적적으로 발전해왔다.
나머지 문화계와 정치계도 구석기시대에서 신석기시대로 넘어가면
행복의 나라로 정말 잘 될 것이다.

BRYANT PARK
Get out there
and have fun.
That means you, too.
citi

극성 영어교육

요즘 영어교육 열성 때문에 초등학교 학생은 물론이고
심지어 유치원생부터 영어공부를 하는 경우도 많다.
한쪽에선 국어도 못하면서 무슨 영어냐고 떠들기도 한다.
그리고 신촌 거리에 가면
수많은 외국인 영어강사들이 큰 비중을 차지하고 있다.

영어가 필요한 목적은 결국 다음 세대가 좀더 범세계적인 활동을 하고
더욱더 큰 국제적인 성공을 거두라는 뜻이다.
물론 미국이 지난 60년 동안 수퍼파워로 군림한 것도 있지만
그 이전 200년 동안 대영제국의 영향력을 생각하면
영어가 국제어가 아니 될 수가 없다.

이번 올림픽에는 개막과 폐막식에 불어가 나오긴 했다.
그리고 유엔총회 때도 항상 불어가 나왔다.
미국이 등장하기 전에는 불어와 영어가 팽팽하게 경쟁을 했지만
미국의 등장으로 영어 쪽으로 쏠렸다.
불어를 국제화 시키려고 했지만
미국과 영국의 동맹관계를 이기지 못한 것이다.

APSARA

이렇게 생각해 보면 어떨까?
간단하게 '영어'라는 단어로 생각하지 말고
'국제어'를 배운다고 생각하면 우리의 생각이 달라지지 않을까?

내가 어느 날 아메리칸 익스프레스 신용카드 고객센터에 전화를 했다.
이상한 악센트를 가진 여자가 전화를 받았다.
알고 보니 인도 뭄바이에서 전화를 받은 것이다.
미국의 대 금융기관들은 수백 만 명의 고객을 관리하기 위해서
고객센터를 노동력이 싼 인도로 옮긴 것이다.
인도 사람들은 물론 영어를 잘한다.
이 수십 만 명의 인도인이 고용된 것이다.

나도 극성스러운 국제어교육에 반대한다.
하지만 초등학교부터 대화 중심의 교육에 초점을 맞춘다면
고등학교에 들어가면 인도 사람 수준으로 영어를 잘 할 수 있을 것 같다.
극성스럽게 캐나다나 필리핀으로 조기 유학을 보낼 필요가 없지 않는가.

CNN에서 김연아 인터뷰를 봤다.
영어가 상당히 능숙했다.
아마 이것도 페이지 원에 나오는 데 도움이 됐을 것이다.

TOOBA TOUR & TRAVELS
E-RAIL TICKET
AIR TICKET
TOILETS

코리안 잉글리쉬 아이돌 스타

'아이돌라이제이션(idolization)' 즉, 숭배한다는 말이다.
'애더레이션(adoration)' 즉, 눈을 깜빡이며 사모하는 것.

성경에 나와 있다. 어느 아이돌(우상)이나 인간을 숭배하지 말라고.
"빌리브 인 미 온리(나만 믿어라)" 하고 하나님이 말씀하셨다.

하지만 인류의 역사는 그와 반대다. 우리는 인간을 우상해 왔고,
큰곰이 알기로는 첫 번째 록스타는
클래식계의 '프란츠 리스트(Franz Liszt)'였다.
베토벤 · 모차르트 · 바그너와는 달리
자기 시대 최고의 명성을 거둔 사람이다.
리스트가 빛나는 금백발의 긴 머리를 흔들고 피아노 의자에 앉으면
모든 귀족 여자들이 열광했다고 한다.

"오 리스트 날 좀 잡아 줘. 기절하겠다."

그리고 '프랭크 시나트라(Frank Sinatra)'는
너무 영웅이라서 "체어 맨 오브 더 보드(음악회장님)"라고 불렀다.

그리고 '엘비스 프레슬리(Elvis Presley)'는 록의 신이었다.
그냥 엘비스라고 불렀고 당시 개와 고양이 이름이 엘비스가 많았다.
'비틀스(Beatles)'는 워낙 영향력이 커서
비틀스 미치광이(비틀마니아)라고 불렀다.

우리가 말하는 아이돌 스타는 일본의 70년대 제패니즈 잉글리쉬로
'아이도루'에서 온 것이다. 주로 10대 여자가수를 일컫는 말이었다.

지금은 최고의 아이돌이 누구냐. 가수도 아니고 배우도 아닌 김연아다.
어떤 신문에서 '연아 신드롬'이란 말을 봤다. 이건 틀린 말이다.
현재 이 현상은 '연아 마니아'다.
과연 이 젊은 나이에 주목을 받으면서 정상적인 생활을 할 수 있을까.
우리 모두가 지켜봐야 할 것 같다.

톰 존스 인터뷰

〈Green Green Grass Of Home〉으로 인기가 좋은 영국 가수 '톰 존스'가 27년 만에 한국에 왔다. 4월 초에 한국공연이 있었다.
톰 존스 매니지먼트 쪽에서 고맙게도 큰곰 한대수와 인터뷰를 하고 싶다고 해서 전화 인터뷰를 했다. 물론 영어로 얘기를 나눴다.

"당신은 40년이 넘게 어떻게 그렇게 힘이 넘치는 음악을 할 수 있는지 그 비결이 무엇입니까?"
"나도 놀랍다. 〈It's Not Unusual〉이라는 첫 히트곡부터 치면 정확하게 45년이다. 나는 그냥 아무것도 모른 체 열심히 앨범 만들고 무대에서 뛰었다. 내가 좀 특별한 게 있다면 늘 젊은 음악인들과 교류를 하고 젊은 작곡가의 노래도 부르려고 노력하는 것뿐이다. 45년 동안 음악을 했지만 지금도 노래하는 것이 즐겁다."

이번 한국공연에 어떤 기대를 갖고 있느냐 물었더니 그는 '돈 카운트 유얼 치킨쓰 비포 데얼 해치트' 즉, "달걀이 병아리가 되기 전에 숫자를 세지 말란 말이다."라는 속담을 들며 공연도 인생도 보장이란 건 없다고 했다.

또 자신은 서양 팬들과 아시아 팬들이 전혀 차이가 없다고 생각했는데 보통 자기가 노래하면 여자들이 막 열광하는데 70년대 도쿄에서 공연을 해 보니 일본 사람들은 조용히 쳐다보고만 있어서 깜짝 놀랐다고 했다. 그래서 "내 음악을 싫어하나?" 하고 오해했는데 끝날 땐 무지 열광해서 또 한 번 놀랐다고 한다.
혹시 김치나 갈비 같은 한국음식을 먹어봤느냐고 물었더니 둘 다 먹어봤고 좋아한다고 대답했다. 어느 곳에 가든지 그 나라의 음식을 같이 먹는데 그래야 사람들의 분위기와 문화를 이해하기 쉽다고 한다.

마지막으로 그의 '월드투어' 이후 계획을 물어봤다. 그는 영국에 돌아가서 새 앨범도 만들고 공연도 계속할 것이라고 한다. 그냥 앨범 만들고 공연하고 음악하는 것이 나의 인생이다. 아마 죽을 때까지 그럴 것 같다고 한다.

톰 존스는 올해 나이가 일흔인데, 가난한 집에서 태어나 어렸을 때 고생을 많이 했고, 열여섯 살에 결혼해서 록스타답지 않게 50년 이상 결혼생활을 하고 있다. 사실 여자들에게 엄청 인기가 많아서 공연 때마다 무대에 던진 속옷들이 작은 산을 이룬다고 해서 큰곰은 그 부분을 물어보려고 했는데 한국기획사에서 말렸다.

세계 국가 톱 파이브

올림픽이나 월드컵경기를 하면 세계 각국의 국가를 듣게 된다.
이번 밴쿠버올림픽 때도 우리 대한민국의 국가가 여러 번 울렸었다.
그런데 이 큰곰은 명색이 음악가이니까
어느 나라 국가가 양호한가 나름대로 생각을 해 보게 된다.

대부분은 듣고 실망해서
'야! 어떻게 저런 멜로디가 국가냐~' 하는 생각이 드는데,
큰곰 생각에 한 나라의 국가는 그 나라의 문화를 잘 표현해야 하고,
또 그 나라 국민에게 힘을 넣어 주는 분위기가 있어야 한다.
그리고 멜로디는 너무 복잡하면 안 된다.
그래서 큰곰이 생각하는 '세계의 국가 톱 파이브'를 정해보았다.
물론 100퍼센트 큰곰의 주관적인 생각이다.

5 미국의 국가인 '스타 스팽글드 배너(Star Spangled Banner)'
큰곰이 초등학교 때 이 노래를 배우는데 어려워서 엄청 고생했다. 무슨 노래가 옥타브 폭이 이렇게 넓고 멜로디가 복잡하냐. 천하의 '휘트니 휴스턴(Whitney Houston)'도 고생을 하더라. 게다가 외우기도 힘들다. 그런데 묘하게 부를수록 매력이 있는 국가다.

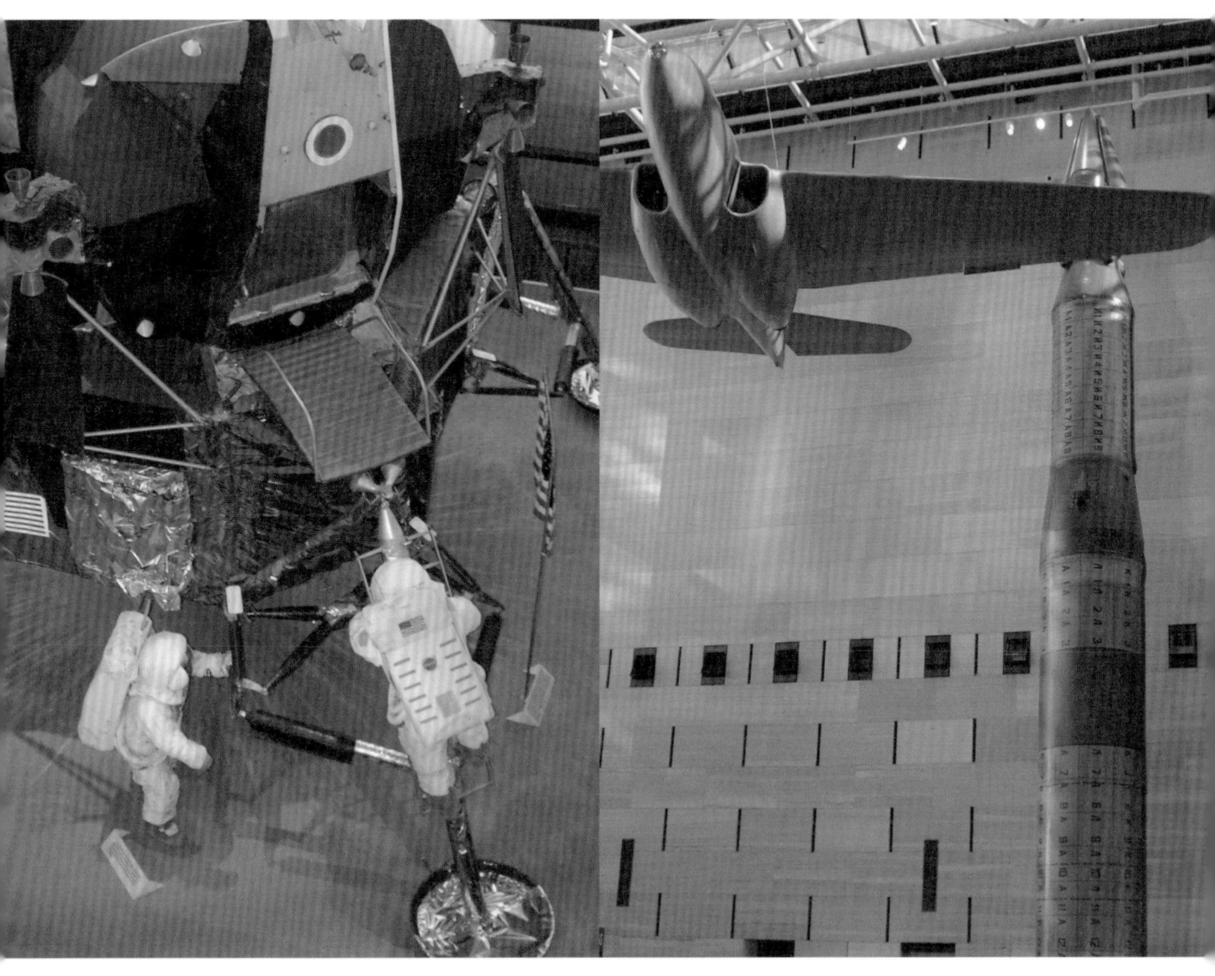

4 러시아 국가인 '기망'

이 노래는 들으면 열정적이고 우렁차다. 소련이 몰락하면서 이 국가도 없어졌는데 푸틴이 러시아 민족의 얼을 가졌다고 해서 다시 살려냈다. 멜로디 리듬은 끝내준다. 단점이 있다면 분위기가 너무 무겁다.

3 대한민국의 '애국가'

애국가가 스코틀랜드 민요 〈올드 랭 사인〉을 카피했다는 일부 비판이 있기도 하다. 하지만 큰곰 생각에 모든 음악은 줄기가 있고 흐름이 있고 서로 영향을 주고 받는다. 바흐(Bach)가 없으면 베토벤(Beethoven)이 없고, 베토벤이 없으면 바그너(Wagner)도 없다. 애국가는 멜로디가 단순하고 또 파워가 있고 아름답게 우리 한민족의 얼을 발산하는 것 같다. 금메달을 딸 때마다 듣는데 들을 때마다 너무 기분이 좋다.

2 독일의 '도이칠란트 위버알레스(Deutschland Über Alles)'

음악적으로 곡이 좋을 수밖에 없다. 그 유명한 하이든(Haydn)이 작곡했다. 간단하고 박력 있는 독일의 철학을 잘 표현한 훌륭한 곡이다.

1 영국의 '가드 세이브 더 퀸(God Save the Queen)'

아~, 멜로디 좋다. 리듬 좋다. 박력 있고 아름답다. 듣고 있으면 화려했던 영국의 지난 시절을 떠올리게 만든다. 찬란한 빛을 발산하는 음악이다. 최고이다. 하지만 이것은 아주 주관적인 음악가로서의 평가다.

"I JUST CAN'T WAIT
TO SEE KING!"

블리스 포인트(환희의 순간)

내가 제일 좋아하는 철학자 사학자는 '조셉 캠벨'이다. 살아 있을 때 강의를 들은 적이 있어서 너무 매료됐다. 그 분이 말했다.
"모든 인간은 블리스 포인트(bliss point : 환희의 순간)가 필요하다."

반복되는 출퇴근, 부모로서의 책임, 아이들의 책임, 남편과 아내의 책임, 책임에서 시작해 책임으로 끝나는 인생. 아, 스트레스가 너무 많다. 우리나라가 올림픽 금메달이나 경제발전으로는 세계적이지만, 자살률도 세계적이라는 게 참으로 슬픈 일이다.
조셉 캠벨 박사는 가끔 자기 자신에게 즐거움을 주는 순간이 있어야 한다고 주장했다. 그것이 남녀 간의 사랑이든 여행이든 아름다운 영화든 책이든 연극이든 음악이든 자기 자신만을 위한 시간이 필요하다는 뜻이다. 그래야 많은 고통과 십자가를 지고 가야 하는 인생에 보람이 있다.

큰곰도 두 딸을 키운다고 너무 힘들어 하다가 캠벨 박사가 기억이 났다. 그래서 당장 남대문으로 달려가서 고등학교 때 즐겨 입던 블루진 재킷을 7만 원의 거액을 주고 사버렸다. 오! 입으니까 진짜 블리스 포인트, 환희의 순간이었다. 너무너무 좋아서 입고 자버렸다. 두 딸도 아닌 나만을 위한 것이었다. 바로 이것인 것 같다.

여러분! 지금 얼마나 힘들고 고생하고 직장에서 가정에서 스트레스가 많습니까. 당신의 블리스 포인트(환희의 순간)는 뭡니까?

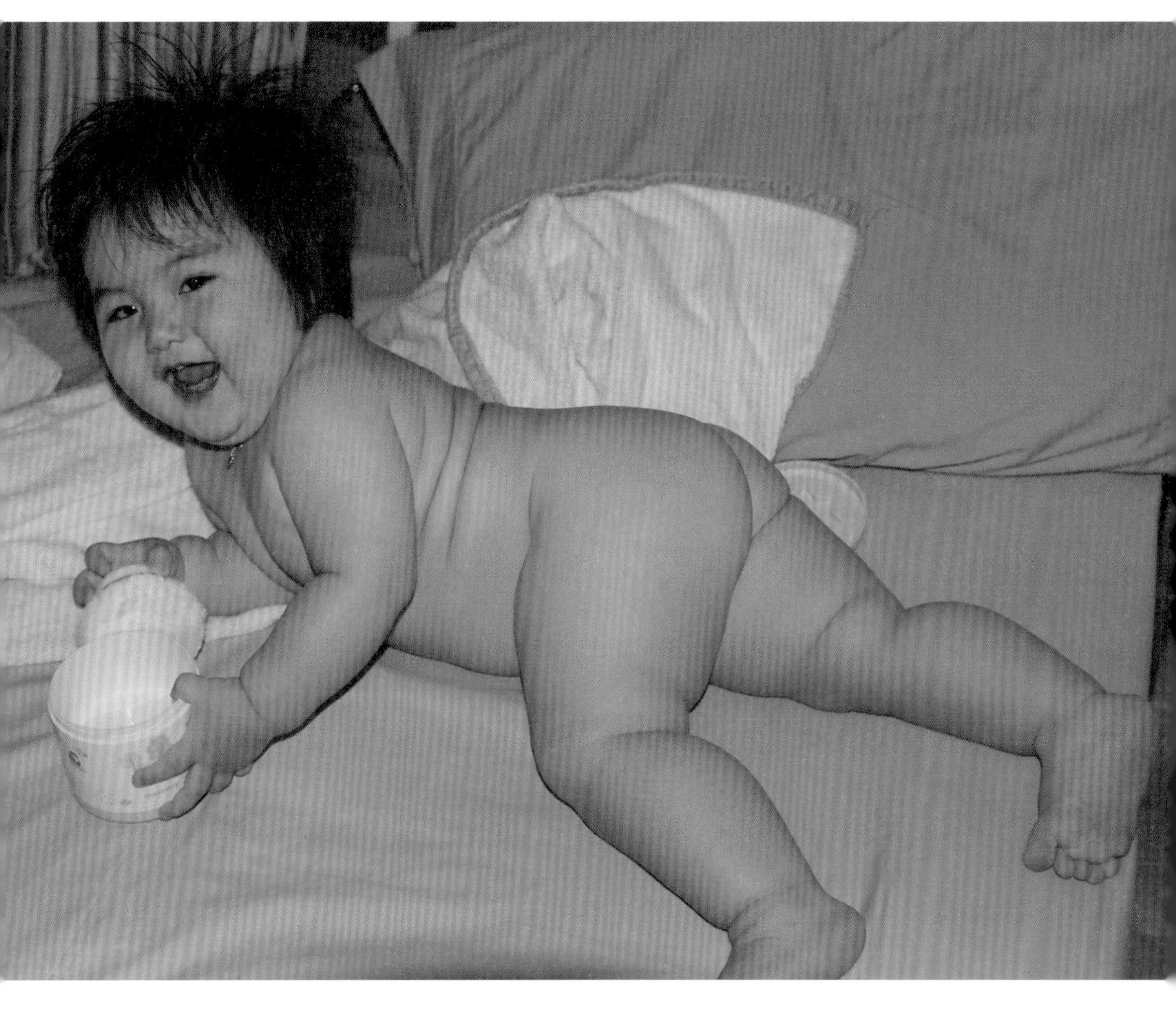

리치 겟 리처, 푸어 겟 푸어러
Rich Get Richer, Poor Get Poorer

요즘 세상을 보면 부자는 더욱 부자가 되고
가난한 사람은 더욱 가난해진다.
즉 중간층이 자꾸만 사라진다.
돈이 없고 사는 게 힘이 든 사람들과
부자들의 차이가 더욱 심해져
세상이 반으로 쪼개져 버렸다.

왜 이런 지경까지 오게 되었나?
큰곰이 보기에 우선 부자들에게 책임이 있다.
부자들은 장학금 제도, 병원 시설, 도서관 등등
사회에 이바지를 해야 한다.
이유는 자기 자신을 위해서이다.
아무리 자기가 재산을 많이 가지고 있다고 해도
다른 사람들과 함께 사는 사회가 몰락하면 부자도 없어진다.

그러니까 사회가 잘 돌아가기 위해서는
부자들이 조금 더 책임감을 느껴야 된다는 말이다.
큰곰은 두 눈으로 직접 봤다. 1991년 소련이 몰락하는 것을.
완전 대 혼란 그 자체였다.

남에게 잘 베풀 줄 아는 부자로 큰곰은 '빌 게이츠'를 들고 싶다.
자기 아이들 셋에게는 유산을 조금만 주고,
나머지 재산은 전부 재단에 기부하기로 했다.
물론 빌 게이츠가 워낙 돈이 많아서 그럴 수도 있겠지만
큰곰 생각에는 다른 사람들도 잘 살 수 있게 도와줘서
사회를 건강하게 만들기 위해서다.

그렇다고 지금 가난하다고 무조건 남 탓만 해서는 안 된다.
부자들 중에도 몇 세대 전에는 매우 가난했던 사람들이 있다.
'버락 오바마'도 대통령 취임 일 년 전까지
대학교 학비를 갚았다고 한다.
자기 인생은 자기가 책임지는 자세도 필요하다.

큰곰의 결론은, 우리는 중간층을 튼튼하게 만들어야 한다.
남녀노소가 땀을 흘려 노력하고 노동해서 돈을 자유롭게 벌 수 있고,
그리고 자기가 필요한 물건과 재산을 충분히 쓸 수 있는 사회에서는
이것이 가장 중요하다.
1917년 당시 러시아 서민들은 빵 한 조각 먹을 것이 없었지만
귀족들은 금으로 도배한 마차를 타고 다녔다.
결국 그것이 혁명을 일으켰다.

앤디 워홀의 생각

지난해 서울에서 '앤디 워홀(Andy Warhol)' 전시회가 열렸다. 많은 사람들이 감명을 받고, 현대미술의 천재니 대가니 하고 칭송을 하고 있다.

큰곰 한대수는 달리 생각한다. 이 사람은 가짜다. 앤디 워홀은 강철의 도시 피츠버그에서 본명 '앤드류 워홀라'라는 유태인으로 태어나 어린 시절부터 세계적으로 유명한 사람이 되겠다고 마음먹은 친구다. 그리하여 세계의 수도인 뉴욕에 도착해 이름을 내려고 작정을 했지만 불가능했다. 너무나 대가가 많았다. 그래서 헤드라인을 따야만 했는데 여자 조수가 워홀에게 총을 쏘는 사건이 있었다.

그러자 마자 뉴욕신문에서 〈다운타운 언더그라운드 작가, 여자 조수에게 총을 맞다〉라는 기사가 났다. 전위 작가 '앤디 워홀'이었다. 그렇게 뉴스가 뜨기 시작했고, 한 달 후에 총 맞았던 전위 작가가 전시회를 하는데 우습다. 캠벨 치킨누들수프(당시 가장 인기 있는 닭국수 수프, 미국에선 치킨 수프를 만병통치약이라 생각한다) 깡통을 베껴서 액자에 넣어 전시했다. 이것을 보고 사람들은 웃어야 할지 울어야 할지 몰랐다.

당시 유럽과 미국에선 피카소(Picasso), 살바도르 달리(Salvador Dali), 맥스 에른스트(Max Ernst), 잭슨 폴록(Jackson Pollock) 같은 쉬르리얼리즘(Surrealism) 추상화와 다다아트가 유행하고 있었다.

모든 것이 유럽에서 건너오는 주류였기 때문에 미국에서 원조가 되는 아트가 필요한 상황이었다. 그래서 앤디 워홀이 팝 아트(파퓰러 아트의 줄임말)라는 장르를 개척했다. 그리고 작업은 간단했다. 폴라로이드 카메라로 유명한 사람을 찍어, 즉 마를린 먼로, 엘리자베스 테일러, 마이클 잭슨(Michael Jackson), 모택동을 실크스크린으로 대량 생산했다. 또 워홀의 철학도 간단했다. 모든 아트는 돈이 되어야 하고 둘째는 소비가 되어야 한다. 이것은 기존 아트에 대한 관념과 반대였다.

아티스트는 '반 고흐'와 같이 한평생 고생하다가 고귀한 희생을 하는 것과는 반대였다. 그래서 워홀은 수천만 달러를 챙겼다. 그래서 나는 워홀에 대한 예술적인 가치는 그다지 평가하지 않는다.

하지만 이것만은 사실이다. 아트라는 관념의 문을 완전히 열어버렸다. 즉 모든 것이 아트가 될 수 있다는 것이다. 그리하여 백남준도 영향을 받아 비디오 아트라는 장르를 개척할 수 있었던 것이다. 또 백남준 역시 '아트는 사기다'라고 말하지 않았나.

나는 앤디 워홀을 수십 번 봤다. 눈부신 노란 가발을 보면 100미터 전에도 보인다. 저 맨해튼에서도 눈에 띈다. 한 가지는 인정한다. 과연 뭔가를 생각하게 하고, 또 모든 것을 프로페셔널하게 하면 예술이 될 수 있다는 것을 알게 됐다.

스킨헤드 민족주의자

현재 러시아에서는 소수 민족에 대한 폭력이 너무 심하다. 우리 한국 유학생도 최근에 사고를 당했고, 또 몽골사람 중국사람 흑인들도 피해를 많이 입었다. 이런 폭력사건의 주범으로 십대 스킨헤드족들이 지목되고 있다. 머리를 삭발한 이들은 백인 우월주의 민족주의자들이다.
이들이 부르짖는 게 뭔가?

"러시안스 포 러시안스 온리"

즉 러시안은 러시아인뿐이란 말이다. 러시아에 이민 온 동양인, 흑인, 멕시코인들은 러시아경제를 빨아 먹는다고 생각한다. 이유는 지금 러시아경제가 매우 나쁘고 백인들의 생활수준이 낮아지고 있기 때문이다.
자기 자신을 나무라는 것보다는 다른 소수 민족에게 책임을 돌린다.
재미있는 것은 이 스킨헤드족들이 2차대전 때 러시아인 2천 7백만 명을 사살한 독일 나치주의 사상을 물려받았다는 것이다.
지금 현재 스킨헤드는 약 5만 명이 넘는다고 한다. 그래서 우리 정부는 하는 수 없이 러시아 여행주의보를 내렸다.

큰곰이 보기에 이것은 매우 심각한 현상이며 전 세계 젊은이들에게 악영향을 줄 수밖에 없다. 자기의 좌절과 불행을 다른 민족 탓으로 돌린다. 이 친구들이 민족주의와 애국주의를 혼돈한 탓이다.

큰곰이 아는 사람도 독일에 살 때 스킨헤드에게 한 번 당한 적이 있다. 그들은 "두 비스트 아임 쉴리츠 아우겐" 즉 "당신 눈 짝 찢어진 동양인 아니냐?" 하고 밀어닥쳤다. 그래서 그 사람은 "두 비스트 아인 쿠아우겐" 즉 "당신은 소눈 같이 크다." 하고 도망쳤다고 한다.

다른 민족을 인정하지 않는 잘못된 생각, 그리고 폭력사태. 한번쯤 고민해 봐야 할 문제입니다.

대가들의 행렬

작년부터 세계적인 음악 대가들이 줄지어 한국에서 공연을 한다. 늦은 감도 있지만 그래도 참 다행이다. 사실 이웃 나라인 일본은 이 대가들의 전성기인 20~30대에 이미 음악적인 체험을 했다. 에릭 클랩튼(Eric Clapton), 밥 딜런(Bob Dylan), 팻 메시니(Pat Metheny), 그리고 심지어 천하의 비틀스(Beatles)도 1966년에 도쿄에서 공연했다.

일본에서의 비틀스 공연은 아시아 국가로서는 최초이며 '최후'다. 왜 음악의 대가들이 뒤늦게 한국을 찾게 되었는가? 두 가지 이유다. 첫 번째는 이 대가들이 한국 팬 베이스가 중요하단 걸 이제는 느꼈고, 그리고 두 번째는 우리나라가 이제 부자가 돼서 일회 공연당 개런티인 5억에서 10억 정도의 돈을 부담할 수 있는 능력이 된 것이다.

그런데 문제는 이 아티스트들이 이제는 너무 늙어버렸다는 것이다. 주로 60세 이상이므로 병이 들어서 공연이 취소되는 경우도 생긴다.

최근에 큰곰이 인터뷰한 영국 가수 톰 존스도 건강 때문에 공연이 취소됐다. 큰곰이 잘 아는 공연 기획자는 재즈 피아니스트 키스 자렛(Keith Jarrett)을 10월에 초청했다. 그런데 키스 자렛은 심한 백혈병 환자로서 피아노를 치는 손가락이 움직일지 안 움직일지 걱정할 정도다. 그 공연 기획자가 "제발 10월까지는 살아 있어야 할텐데~" 하더라.

큰곰은 운 좋게도 전성기 때 키스 자렛의 공연을 본 적이 있는데 엄청 흥분했다. 아니 피아노 의자에 앉는 게 아니라 피아노 뚜껑을 열고 피아노 뒤로 가더니 피아노 줄을 하프처럼 연주하더라. 진짜 재즈 피아노의 대왕이었다. 하지만 키스 자렛의 전성기는 이미 지나버렸다.

그래도 젊은이들이 우리 세대와는 달리 제프 벡(Jeff Beck), 빌리 조엘(Billy Joel), 엘튼 존(Elton John), 비욘세(Beyonce), 밥 딜런(Bob Dylan) 등의 공연을 직접 경험할 수 있는 것은 참 다행이라 생각한다. 늦게 한국을 찾긴 했어도 대가들의 공연을 보는 것은 그 자체만으로 상당히 의미가 있다.

큰곰이 한 가지 아쉬운 점이 있는데, 우리나라의 노장 가수에 대해서도 100분의 1이라도 대우를 해 줬으면 좋겠다. 신중현, 이정선, 양희은, 송창식, 김민기, 윤형주 등등 40년 이상 음악을 한 분들이다. 그리고 또 큰곰은 어떤가?

피아노 : 칙 코리아(Chick Corea)
기타 : 존 맥러플린(John McLaughlin)

전쟁과 사랑

이번 주말에 아카데미 감독상을 탄 '허트 로커(Hurt Locker)'를 봤다.
과연 아바타를 제치고 감독상을 탄 이유를 알겠더라.

너무나도 감동적이었고 리얼했기 때문에
우리 두 딸은 시작 20분 후에 자리를 떠났다. 지나치게 과격했다.
큰곰이 느낀 점은 전쟁은 더 이상 있어서는 안 된다는 사실이다.
1차대전에서 배우지 못했기 때문에 2차대전이 일어났고,
2차대전에서 못 배웠기 때문에 베트남전쟁이 있었고,
또 베트남전쟁에서 못 느꼈기 때문에,
또 이라크와 아프가니스탄에서 난리가 아니지 않느냐?

어떤 일이 있더라도 전쟁은 일어나서는 안 된다.
잃을 것이 없는 사람과 잃을 것이 많은 사람과의 전쟁은 이뤄질 수 없다.

"전쟁은 사랑과 같다. 시작은 쉬워도 끝맺음은 어렵다."

나도 그렇게 생각한다.
나는 전쟁은 많이 겪어보지 못했지만
연애는 많이 해봤는데 진짜 진리이더라.

ЗАХВАТКИНА
БРАЗЕ
САРРА МЕНДЕЛЕЕВНА
1898-1993
МАШ
МАЙОРОВА
ДМИТРИЕВ
ГЕННАДИЙ
МИХАЙЛОВИЧ
КОВАНОВ
1910-1993
КОВАНОВА
1916-1996
ГОРИНА
АЛЕКСАНДРА ЯКОВЛЕВНА
КЛИБАНОВ
ИВАН МЕНДЕЛЕЕВИЧ
ШВЕЦ
1944-1992

두 손의 떡

"Vanity Vanity~ All Is Vanity!"
"헛되도다. 헛되도다. 모든 것이 헛되도다!"

이것이 솔로몬 대왕의 마지막 말이다.
큰곰은 요즘 이 말이 가슴에 와 닿는다.

"오~ 나도 못하겠다!"

큰딸을 안정시키면 작은딸이 고집을 부리고,
작은딸 목욕을 시키면 큰딸이 또 국제전화를 해서 잠을 못 자게 하고,
나에게 가정의 화평은 전혀 주어지지 않는구나.

큰곰의 마음에는 'Safety Zone' 즉, 안전구역이 필요하다.
그러기 위해서 세계적인 음악 대가들은 어떻게 살아왔는가
전기를 읽어 보았다.

우선 베토벤을 관찰해 보자.
오, 우리 베 선생은 여자의 아름다운 향기도 맡아보지 못하고
총각으로 죽었다니, 그것도 인류 최고의 멜로디인 9번 교향곡!
〈오드 투 조이(Ode to Joy)〉를 작곡한 사람이 아닌가?

그리고 또 다른 대가 모차르트를 보자.

우리 모 선생은 창작의 열정으로 이 인류에게 기쁨을 선사했지만
결국 마누라가 도망을 가고 슬프게 죽었다.

그렇다면 대중음악은 어떤가?
그 유명한 비틀스(Beatles)의 존 레논(John Lennon)은 암살 당했고,
조지 해리슨(George Harrison)은 암에 걸려 일찍 요절했고,
링고 스타(Ringo Starr)는 세 번이나 이혼했다.
그나마 괜찮던 폴 매카트니(Paul McCartney)는
사랑하는 린다를 암으로 잃고 나서 재혼을 했지만,
이혼할 때 전 재산의 반인 3천 5백만 달러를 빼앗기고 말았다.
젊은 나이에 숨을 거둔 록큰롤의 왕, 엘비스 프레슬리(Elvis Presley)나 팝의 제왕이라 했던 마이클 잭슨(Michael Jackson)은 설명할 필요도 없다. 그러니 우리 할머니 말씀이 맞는 거 같다.

"두 손에 떡을 쥘 수 없다!"

창작의 재능을 선물받은 사람에겐 가정의 화평이 주어지지 않는 거 같다. 행복한 가정을 가진 사람이 위대한 창작의 대가인 경우도 별로 없으니 말이다.

꼬마 변기 시트

미국 여자들은 같이 사는 남자에게 불평하는 것이 두 가지가 있다.
첫째는 남자가 그날 신은 양말을 아무 데나 벗어던진다는 것이고,
둘째는 용변을 본 후 변기 시트를 내려놓지 않는다는 것이다.
이것은 미국 여성운동 50년의 결과다.

뉴욕에서 만난 옥사나도 변기 시트를 내려놓지 않는 걸 무지 싫어한다.
그런데 요즘은 우리 베이비 양호가
기저귀를 졸업하여 꼬마 변기 시트를 올려놔야 한다.
그러니 큰곰은 화장실에 갈 때 두 숙녀들을 위해 두 번 일을 해야 한다.
큰딸 옥사나를 위해서 변기 시트를 내려야 하고,
작은딸을 위해선 꼬마 변기 시트를 올려놓아야 한다.
조금 번거롭지만 기분이 좋다.
야~. 이제 우리 딸이 성장 과정을 잘 거치고 있구나.

내가 화장실 일을 보면서 느끼는 것은
이제는 곧 옥사나와 해보지 못한 것들을
양호와 함께 할 수 있을 것 같다.

냉면도 같이 먹고,
수제비도 같이 먹고,
양호한 친구 공연도 양호와 함께 보러 갈 수 있는 그날이 보인다.

캄캄한 터널 앞에 햇볕이 보이는구나.

그래 양호야~. 그 날을 기대해 보자.

피터 야로와의 단독 인터뷰

얼마 전, 미국대사관에서 전화가 왔다. 그룹 '피터 폴 앤 메리(Peter Paul & Mary)'의 피터 야로가 한국에 왔는데 한국의 포크 음악가와 교류를 하고 싶다고 한다.

"대사관에 와서 피터 야로 씨를 만날 수 있어요?"
"오~ 영광입니다. 물론이지요!"

그래서 큰곰은 미국대사관에 가서 작은 공연도 보고 야로 씨와 식사도 하면서 간단한 인터뷰를 나눴다. 우선 한국에 온 것이 처음이냐고 물었는데, 피터는 처음이지만 기분이 좋고 한국 사람들이 온순하고 존경스럽고 특히 부모님과 아이들의 사랑이 넘친다고 칭찬을 했다.

그룹 '피터 폴 앤 메리'로 함께 활동하던 메리 트래버스가 작년에 암으로 죽었는데 그 느낌이 어떤가 물었다.

"나는 그녀와 오십 년 동안이나 사랑하는 동료로서 같이 했고, 골수 이식수술을 성공했다고 해서 이제 같이 살아 갈 것을 기대했는데 갑자기 죽다니, 그녀는 진정한 프리덤 싱어, 자유를 갈구하는 가수였다. 다행히 장례식에 유명인사와 후배 가수들이 많이 참석해서 위안이 됐다."

큰곰의 질문은 계속됐다. "최근에 톰 존스(Tom Jones)와 훌리오 이글레시아스(Julio Iglesias)가 목청에 고장이 나서 한국공연을 취소했는데,

당신은 예순일곱의 나이에 어떻게 계속 공연할 수 있습니까?"
"나는 연예인이라 생각해 본 적이 없다. 나는 목적이 있다. 음악은 사회를 연결하는 세포고 인간사회에 가장 중요한 부분이다. 음악은 대중의 것이고 대중에게 돌려주는 것이 나의 목적이다."

마지막으로 조금 민감한 질문을 하나 던져봤다.
"임진모를 비롯한 대중음악 평론가와 인터넷에서 떠도는 소문에 당신의 최고 히트곡 〈Puff the Magic Dragon〉이 마약에 대한 것이란 말이 있다. 정확하게 말해 주세요."
"내가 그 노래를 만들 때가 1959년이었는데 그때는 마약 같은 게 없었다. 나는 어린아이들의 순진함과 아름다움을 말한 것뿐이다. 노래에 나오는 용은 아이들이 꿈꾸는 이상을 표현한 것이고, 세상을 평화롭게 만들자는 게 이 노래의 주제이다. 많은 사람들이 꼭 나쁜 점만 찾아내 가지고 헛소문을 퍼뜨리는데 그건 아주 안 좋은 거다. 그리고 대수야! 미스터 야로라고 부르지 말고 그냥 피터라고 불러다오."라며 웃음을 지었다.

큰곰은 대사관에 가서 미국 대사인 캐서린 스티븐스도 만났다. 1970년대 평화봉사단으로 한국에 왔던 그녀는 한때 히피였다. 네 시간 동안이나 함께 음악을 듣고 즐거움을 나눴다. 이런 예가 없다고 한다. 사람들의 기립박수에 결국 큰곰도 노래를 한 곡 할 수밖에 없었다. 흐뭇한 밤을 보내고 대사관을 떠나는데 앞에 번쩍번쩍한 캐딜락이 눈에 띄었다. 그리고 번호는 더욱 더 눈에 띄었다. 001 굿 나잇!

아시안 프라이드

큰곰이 요즘 새로운 사진집을 준비 중인데
동양의 미를 표현한 누드 사진집이다.
우리나라에 누드 아트를 처음 소개하는 작업이기 때문에
상당히 역사적인 책이 될 것 같다.
그런데 어렵게 구한 우리 모델이
갑자기 가슴 성형수술을 해야겠다고 한다.

"이게 무슨 이야기냐. 나는 도자기 같은 동양의 미를 담으려고 했다.
금발의 마릴린 먼로가 필요한 게 아니지 않느냐?"

큰곰이 아무리 말을 해도 소용이 없을 것 같다.
최근에 중국 여자들이 한국에 원정 성형수술까지 하러 온다고 하는데,
사실 동양 남자로서 창피하다.

60년대, 흑인들이 인종 차별문제로 고통받을 때는
마틴 루터 킹(Martin Luther King)을 비롯한 사람들이
인권운동에 나섰고,
스티비 원더(Stevie Wonder), 마이클 잭슨(Michael Jackson),
마이클 조던(Michael Jordan) 같은 사람들이
'블랙 프라이드' '블랙 이즈 뷰티풀' 즉, 흑인의 자존심과
흑인은 아름답다는 표어로 자기 나름대로의 자존심을 세웠다.

모든 동물들도 각기 나름대로의 아름다움을 지니고 있는데
마찬가지로 모든 인종 역시 그렇다.

큰곰이 생각하기엔 동양인이 가장 아름답다고 생각한다.
눈 · 코 · 가슴을 이렇게 성형할 때는
오히려 어색해 보이고 절대 아름다워 보이지 않는다.
세계적인 모델회사에서는
동양 여자를 구할 때 성형을 안한 긴 머리의 여인만 뽑는다.

여러분! 여러분도 아시안 프라이드, 아시아의 자존심을 지킵시다.

오래 간만

현대 대도시의 생활은 너무나 외롭고 고독하다. 그래서 큰곰은 가끔 짓궂은 행동을 한다. 뉴욕의 5번가에서 양호한 여자가 걸어오면 큰곰은 말을 건넨다.

"You Are Looking Good~" ("야! 너 정말 멋쟁이다.")

그러면 대부분 "땡큐!"라고 한다. 그리고 간혹 "유 투!"라고 대답하기도 한다. 그러면 난 하루 종일 기분이 좋다. 아무 상관없는 제 삼자에게 멋쟁이라는 말을 들으니 기분이 좋을 수밖에 없다. 그래서 서울에서도 양호한 여인이 지나가면 예의 뉴욕에서처럼 반갑게 인사를 전한다.

"오, 아가씨! 오래 간만?"

그런데 전혀 반응이 없다. 야, 이젠 내가 늙어서 멋진 남자로 보이지 않는구나. 슬픈 이야기다. 그런데 큰곰이 왜 그런가 하고 서울 사람들을 자세히 보니 다들 귀에 작은 이어폰을 끼고 다닌다. 그것을 스마트 폰이나 엠피 쓰리 플레이어라고 한다. 그리고 지하철이나 버스에서 디엠비 TV를 보는 사람도 많다. 출퇴근하면서 디엠비 스크린을 보고, 직장에 가서 하루 종일 인터넷 보고, 집에 와서 또 TV를 보고, 우리 젊은이들의 눈과 귀가 쉴새가 없다. 계속 뇌를 자극하는 것이다.

여러분! 뇌도 좀 쉬어야 하지 않을까요?

POLICE LINE DO NOT CROSS
POLICE DEPT.

인류 국기를 휘날리며

지난 2010년 월드컵은 아프리카에 있는 남아공에서 열렸다.
개막식부터 진행되는 경기들도 종종 보았는데 참 아름답다.

사실 큰곰은 베트남전쟁 이후로
인류에 대한 믿음이 많이 사라지고 있었다.
지속되는 인간의 범죄와 전쟁,
하지만 이번 월드컵을 보면서 수세기 동안 무시를 받았던
아프리카대륙에서 국제 경기를 한다는 것에 참 감명을 받았다.
소유가 아닌 나눔으로, 파괴가 아닌 창조로,
고아의 울음소리가 아닌 골의 환호성으로,
인류애가 큰곰의 마음속에서 다시 태어났다.

특히 지난 월드컵은 표어가 참 좋다. '원 골'이다.
"골을 하나 넣자!"는 말도 되지만, 영어로 "목적은 똑같다"는 뜻도 된다.
즉, 전 세계 누구나 같은 목표를 가질 수 있다는 '인류애'를 나타낸다.
이것이야말로 진정한 Children's Education!
우리도 교육을 통해 더 평화롭고 부유한 세상을 넘겨 줄 수 있다.

행사모 여러분! 평화롭고 아름다운 세상을 꿈꾸는 것만이 아니라
지금부터 실행할 수 있죠?

세계에서 가장 어려운 직업

여러분들은 한대수를 음악가나 사진가로 알 것이다.
하지만 큰곰은 생계유지를 위해 온갖 직업을 다 가져봤다.

서울에서는 영자신문 기자도 하고, 공무원까지 했었고,
뉴욕에 있던 십대 때는 접시 닦기부터 고급 음식점 요리 조수까지 했다.

그런데 큰곰 한대수가 경험해 본 바
가장 힘든 직업이 뭔가 하면 세일즈맨이다.
우리 아버지가 큰 인쇄소를 경영하셨는데 어느 날 내게 제안하셨다.

"대수야, 아들로서 우리 회사에서 같이 일해 보는 게 어때?
일단 세일즈맨으로 시작해 봐라. 간부 자리 하나 줄게."

가만히 생각해 보니 연봉도 꽤 좋고,
또 어릴 때는 잘 몰랐던 아버지랑 친해질 수 있는 계기라 생각해서
"오케이!" 했다.
그런데 너무너무 힘들었다.

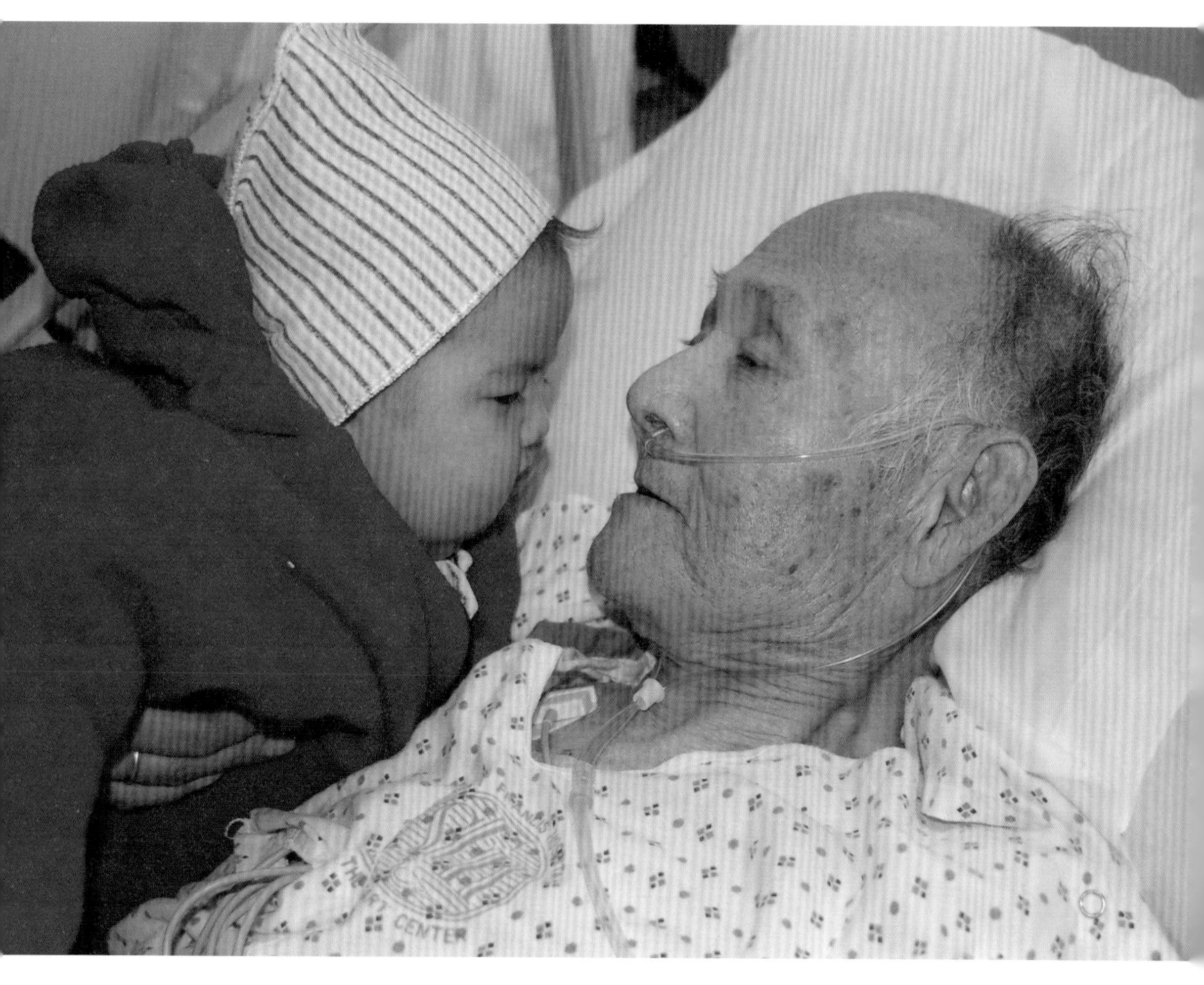

회사 돈을 관리하는 재무팀에 무릎을 꿇어야 하고,
책 한 권당 50센트 깎아 달라고 사정도 해야 하고,
항상 저자세로 다녀야 하며, 정말 미치겠더라.

얼마나 스트레스를 받았는지 위궤양까지 걸릴 뻔했다.
그래서 위장이 고장나기 전에 3년만에 사표를 내고 말았다.
물론 보너스가 상당히 좋아서 스포츠카를 타고 즐겼지만
도무지 세일즈맨은 못하겠더라.

그때 생각이 나서 지금도 웨이트리스나 스튜어디스,
백화점 여종업원들에게는 특별히 친절하다.
누구보다 고생을 하고
그야말로 자본주의 최전선의 용사들이다.
아무리 물건이 좋아도 안 팔리면 끝이다.

인크레더블 인디아

'Incredible India!'
'신기하고 신나는 인도'라는 말이다.
지금 전 세계적으로 인도라는 나라를 알리고 있는
성공적인 광고 문구다.
인도는 인구도 어마어마하게 많지만
과학기술이 발달해서 세계에서 몇 안 되는 핵무기 보유국이고,
우주산업도 상당히 개발된 나라이고, 지식산업과 IT산업에서도
선두를 달리고 있는 나라이다.

미국에서 가장 전통 있는 신용카드 회사도 고객센터를
아예 인도로 옮겼는데 대부분의 인도인들이 영어를 할 수 있어서
동시에 2만 명이 직업을 얻게 되었다.
정말로 '인크레더블 인디아' '신기한 인도'다!

그래서 큰곰은 신기한 인도를 가 보기로 마음을 먹었다.
그런데 인도 델리공항에 도착해서 택시를 타고 호텔로 가는데
깜짝 놀라고 말았다. 어! 이게 뭐야.

대통령 관저에서 200미터도 지나지 않았는데
수백 명, 아니 수천 명, 아니다. 수만 명의 빈민이 있었다.
흙에 구멍을 파고 살거나 그것도 없으면 길에서 누워서 자고 있었다.

큰곰의 비전문적인 눈으로는
전체 인구의 30퍼센트가 하루 한 끼도 못 먹을 정도로
어렵게 살고 있는 것 같다. 공식적으로는 22퍼센트라고 한다.
그래서 사회학 박사학위 과정에 있는 큰곰의 친구에게 물었다.

"야~. 이거 완전히 체제 몰락이 아니냐?"
"체제 몰락보다는 빈곤층을 관리하는 시스템 자체가
아예 형성이 되지 않았다네."

세계 10대 재벌 중에 인도 재벌이 둘이나 되는데,
빈민들의 수도 엄청나다니. 정말 믿어지지 않았다.

인도여행을 마치고 비행기를 타고 인천에 돌아오면서 생각하니
어린 고아들의 슬픈 눈동자가 큰곰의 마음을 무척 아프게 했다.

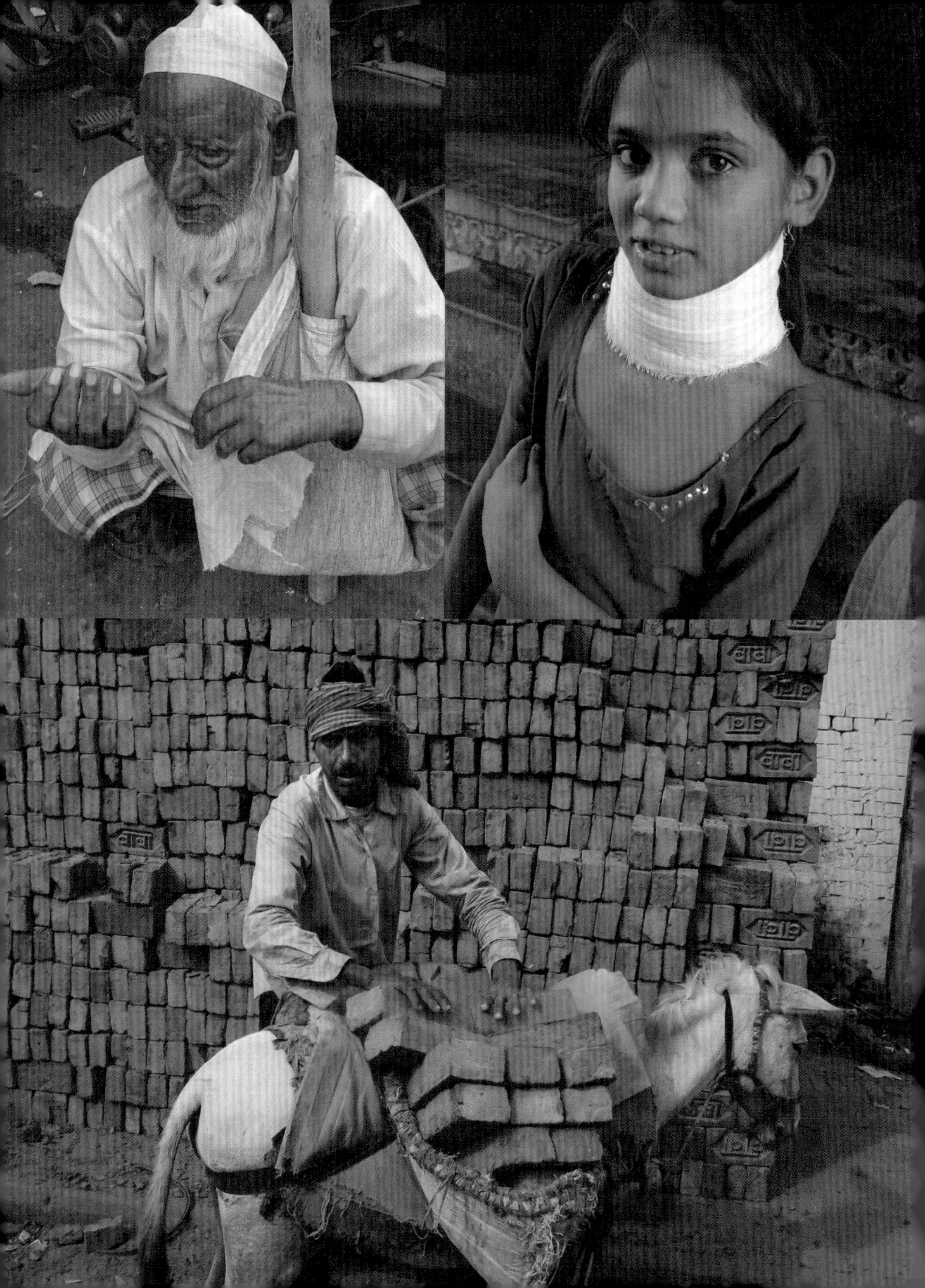

타지마할의 눈물

지난 휴가 때, '인크레더블 인디아' '신기한 나라' 인도를 여행했던 큰곰. 엄청난 고생 끝에 '아그라'라는 도시에 위치한 그 유명한 타지마할에 도착했다.

초등학교 때 할아버지의 엽서를 보고 큰 감명을 받았는데 그 그림이 바로 실물로 서 있는 것이다. 와! 감탄했다. 정말 신비롭고 아름다웠다.

'타지마할'은 무굴제국의 왕인 '샤 자한'이 자신의 세 번째 부인 '뭄타즈 마할'을 위해 만든 무덤이다. 그의 세 번째 부인은 열네 번째 자식을 낳다가 죽었는데, 아내를 너무나도 사랑한 왕이 자기 아내를 영원히 기억하기 위해서 무려 22년에 걸쳐 타지마할을 짓게 한 것이다.

그리고 자기 자신의 무덤도 검은 대리석으로 아내를 바라보게 지으라고 명령했다. 상상해 보라! 한 여인을 향한 왕의 지극한 사랑, 이 얼마나 아름다운 일인가를. 하지만 인간의 권력욕은 무섭다. 아들이 쿠데타를 일으켜 아버지를 감옥에 넣었고, 결국 왕이 원했던 검은 대리석 타지마할은 지어지지 못했다.

인도 사람들은 타지마할을 방문한 모든 사람들이 과거의 죄가 모두 씻어진다고 믿는다. 타지마할에 대한 왕의 이야기를 듣고 나니 나도 느끼는 바가 많았다.

아시아의 최초 노벨문학상을 탄 '타고르(Tagore)'는 타지마할을 '티얼 드랍스 프롬 헤븐' 즉 천국에서 내려온 눈물방울이라고 했다.

아마 에릭 클랩튼(Eric Clapton)이 히트시킨 '티얼스 인 헤븐(Tears in Heaven)'도 타고르의 시 구절에서 온 것이 아닐까?

세계에서 제일 위험한 도시

큰곰은 지금 서울 신촌에서 살고 있지만, 그 동안 여러 도시들을 다녀봤다. 그 경험을 바탕으로 세계에서 위험한 도시들을 몇 군데 뽑아보았다.

4 미국의 뉴욕

내가 처음 뉴욕에 갔을 때는 1950년대였는데 그때의 뉴욕과 2010년의 뉴욕은 완전히 얼굴이 다르다. 그 당시는 2차대전에 승리한 국가로 금빛 찬란한 부자 도시였다. 경제 상황이 좋아 일자리가 너무 많다 보니 사장이 직원에게 고개를 숙이고 다닐 정도였다. 하지만 9 · 11 테러 이후 고층 건물에 들어갈 때마다 핸드백과 몸 수색을 한다. 시청이나 관공서에 들어갈 때는 국제공항 수준으로 수색을 한다. 엄청 피곤한 도시가 됐다. 그리고 이제 돈도 별로 없다. 게다가 총이 있는 나라니까 밤늦게 거리를 다니지 않는 게 좋다.

3 인도의 델리

최근에 다녀왔지만 엄청 피곤한 도시다. 관광객이 가는 곳마다 수백 명의 빈곤층이 돈을 달라고 달려든다. 또 자살 폭탄테러를 막기 위해 모든 자동차의 엔진 뚜껑을 열어야 하고, 거울로 차 밑을 수색한다. 게다가 대도시인데도 편의점 하나 찾기가 힘들다. 한국 사람이 지내기엔 불편하고 가끔씩 일어나는 테러 때문에 위험하다.

2 남미 콜롬비아의 수도 보고타

전 세계 마약의 80퍼센트가 판매되는 나라이다. 한 달 정도 이곳에서 지낼 기회가 있었는데, 그때 영국의 한 록스타가 호텔방에서 마약을 즐기다 심장마비로 죽었다. 이런 유혹이 많으니 사고가 엄청 많다. 그리고 외국인을 상대로 한 인질극도 많은데 주 타깃이 일본인과 한국인이다. 돈이 많다고 알려졌기 때문이다. 국제공항에는 아예 국군 소대가 지키고 있고 마약탐지견이 100마리씩 걸어다닌다. 여기는 절대로 혼자 가면 안 되고 패키지투어 또한 권하지 않는다.

1 러시아의 수도 모스크바

나는 아내 옥사나 때문에 이 도시를 열 번 이상 갔지만 갈 때마다 무섭다. 길거리마다 경찰이 있는데 여권을 보고 괜히 트집을 잡는다. 돈을 달라는 거다. 한 십 달러만 주면 된다. 그러니 누가 도둑이고 누가 경찰인지 알 수가 없다.

과격한 십대 스킨헤드족들도 피해야 한다. 게다가 보드카를 물처럼 마시는 이 나라에선 음주사고가 많다. 문화유산이 많은 도시이기 때문에 안전이 보장된 패키지 관광은 권할 만하지만 혼자는 절대 가면 안 된다. 큰곰 생각에는 역시 우리나라만큼 편하고 안전한 곳이 없다.

Ты-лучше
ЧАСТЬ ПОДАРКА УЖЕ ВАША

진짜가 가짜? 가짜가 진짜?

큰곰은 시멘트 바닥 위에서 자라는 우리 양호가 불쌍하다.
그래서 가능하면 집 근처 연세대 뒷산에 데리고 가서 산책을 하곤 한다.
그런데 얼마 전 양호와 산책을 다녀오는 길에 보니
20층짜리 새 건물이 하나 세워져 있었다.
일 년 만에 어떻게 이렇게 큰 건물을 지었는지 놀라웠고
한번 올라가 보고 싶었다.

"양호야 구경하러 가자."

건물로 올라가 보니까 19층에 '하늘 정원'이라는 것을 꾸며 놓았다.
옥상에 푸른 풀들과 자작나무들을 심어서 정원처럼 꾸며 놓은 것인데
큰곰이 보기에도 참 아름다웠다.
우리 집에서 5분 거리에 이런 공짜 떡이 다 있다니.
그 후로 일주일에 한 번씩은 꼭 양호를 데리고 하늘 정원에 갔다.
그런데 하루는 젊은 연인들이 사랑을 속삭이고 있길래 큰곰이 물었다.

"여기 정말 아름답죠?"
"선생님! 이거 다 가짜예요."
"네?"

큰곰은 너무나 깜짝 놀랐다.
그래서 직접 만져 보니 정말로 나무에 수분이 없다.
알고 보니 관리비도 많이 들고 해서 인조 나무로 장식한 것이었다.

이야~. 큰곰이 완벽하게 속은 것이다.
설마 잔디밭도 가짜 아닌가? 뭐 그래도 좋다.
양호는 진짜인지 가짜인지 모르고 저렇게 좋아서 뛰어다니니까.
하지만 큰곰은 기분이 썩 좋지만은 않았다.

담배는 그렇고 술은 어때?

얼마 전에 우리 〈행복의 나라로〉에서도
담배와 니코틴의 문제점을 지적한 적이 있다.
하지만 큰곰이 생각하기에 담배만큼 심각한 것이 알코올, 바로 술이다.

얼마 전에 초대 손님으로 나온 이지선 씨도
음주운전자 때문에 큰 변을 당했다.
그리고 지금 현재 논란이 되고 있는
어린이 성범죄니 연예인의 자살이니 모두
어떤 식으로든 술이 관련되어 있었다.
물론 부부싸움도 그렇다.

사실 우리나라는 술을 좋아하는 사람에겐 파라다이스다.
편의점마다 식당마다 술을 팔지 않는 곳이 없다.
그것도 24시간 내내 술을 판다. 또 가격은 어떤가?
한 병에 천 원이라니 있을 수도 없는 가격이다.

미국은 '리쿼드 스토어'라고 술만 파는 가게가 따로 있다.
그것이 동네에 한두 군데밖에 없다.
또 어떤 경우는 자동차를 타고 20분 이상 가야 한다.

그리고 모든 음식점에서 알코올을 판매할 수 없다.
술을 팔 수 있다는 허가증이 있어야만 팔 수 있다.
이 허가증의 가격이 약 20만 달러나 한다.
그러다 보니 술을 파는 음식점과 팔지 않는 음식점이 반반 정도이다.

물론 우리가 미국을 따라간다고 해서
술을 마시는 사람이 안 마실 건 아니다.
하지만 '빈지 드링킹(폭음)' 즉 2 · 3 · 4차까지 술을 마시면서
만취하는 것은 어느 정도 방지할 수 있다고 본다.

'술이 술을 먹는다'는 말도 있듯이 만취된 상태에서
또 먹고 싶을 때 자동차를 타고 20분 이상 가야 한다면
바로 포기하지 않겠는가?
하지만 현재 우리나라는 술이 바로 코 밑에 있다.
우리 인간이 한계를 모를 때는 말할 수 없는 비극을 낳기 마련이다.

화려한 노래방, 우리 TV

우리나라는 세계 13위의 경제국이다.
허리가 잘린 작은 나라로서는 기적이 아닐 수 없다.
그런데 큰곰이 십 년 동안 한국에 살면서 느낀 점은
텔레비전 프로그램은 하위 13위쯤 된다는 것이다.
특히 TV에서 방송하는 음악 프로그램들은 아주 엉망이다.

큰곰이 40여 년 동안 음악생활을 하면서
TV에도 가끔 나갈 기회가 있었다.
12년 전에는 동양에서 두 번째로 큰 방송국의 음악 프로그램에
나간 적이 있었는데 그때 프로듀서에게 전화가 왔다.
그런데 그 사람 하는 말이 황당했다.
오케스트라와 함께 미리 반주 녹음을 해서 방송을 하자는 것이다.
명색이 라이브 공연 프로그램인데 오케스트라까지 녹음을 하다니.
깜짝 놀랐다.

대부분의 음악 프로그램이 돈을 안 들이고 쉽게 만들기 위해서
CD에 녹음된 노래를 트는데,
그건 텔레비전 프로그램이 아니라 화려한 노래방에 불과하다.
이런 형식으로 가면 문제가 많다. 세계적인 대가가 나올 수가 없다.
가수가 노래를 안 부르고 연주자도 전혀 필요 없지 않은가?
게다가 사운드를 잡을 엔지니어도 자기 기술을 연마할 수 없게 된다.

© 조상호
그저 흐르는 강물처럼
세월 따라 그리움은
잔잔히 너를 추억하지
오로지 마음뿐이네
바람이 자유롭네
나는 자유롭네
침묵하는
그리움
나 그렇게 살아왔지
잠시 동안의 인생아
내 낡은 옷깃 위에
비가 내리네
© 조상호

스티비 원더(Stevie Wonder)가 얼마 전에 한국에 왔지만
자기 엔지니어를 열 명이나 데리고 오는 것은 한국에서 뿐이다.
그만큼 우리나라 라이브 공연이 발전되어 있지 않다는 반증이기도 하다.
일본에는 라이브 인 부도칸이라는 공연 실황 앨범이 있는데
항상 백만 장을 보장한다.
밥 딜런(Bob Dylan) 부도칸, 에릭 클랩튼(Eric Clapton) 부도칸,
엘튼 존(Elton John) 부도칸 등은 전부 백만 장 팔렸다.

우리나라는 왜 이런 훌륭한 라이브 공연이 없는가? 지금도 늦지 않았다.
가수가 지금부터 실질적으로 노래를 부르고,
연주자가 땀을 흘리면서 연주를 하고,
엔지니어도 실수를 해 가면서 사운드를 잡는다면
우리도 외국에서 가수가 온다면 스태프를 반 정도 줄일 수 있다.

큰곰이 1969년도 처음 음악을 할 때도
연주자가 없어서 하모니카에 기타까지 다 해야 했다.
보스턴 맨해튼의 유명 음대 석 · 박사들이 일 년에 천 명씩 배출된다는데
이 사람들은 어디서 연주를 하겠는가?
텔레비전 피디를 비롯한 음악 관련 종사자 분들,
우리 심각하게 고민해 봅시다.
그리고 언제든 큰곰에게 전화 주십시오.

© 조상호

© 조상호

유명세

큰곰이 홍대 앞을 지나가는데
기타를 등에 멘 젊은이들이 쫓아와서 말을 건넨다.

"한대수 선생님! 나 음악을 계속하고 싶은데
어떻게 하면 유명한 음악가가 될 수 있어요?"
"하여간 열심히 노력하세요. 그리고 희생정신도 필요합니다.
가능하다면 음악 말고 다른 기술도 배우세요."

하지만 그 말을 하고 돌아가는 나 자신도 답이 없었다.
내가 어떻게 했는지도 잘 모르니까 말이다.
열심히 부르고 열심히 만들고 열심히 사람들을 만나고 다니다 보니
그냥 이렇게 되었다.

많은 사람들이 부자가 되고 싶어 한다.
그리고 유명해지고 싶어 한다.
하지만 유명세는 양 날의 칼이다.
잘 쓰면 생명, 못 쓰면 죽음이다.
유명세에는 엄청난 책임이 따른다.

FOR STRONG, POSITIVE
CARING BROTHERS
BlackMen
ANGEL
THE NEW
"IT"
GIRL
FOR '07
FREE COCO
MAGAZINE!
QGirls
PRESENTS
COCO
DOWNLOAD
HER TO YOUR
CELLPHONE!
ARE BLACKS
MORE GIFTED
ATHLETICALLY?
VALID DEBATE OR
DANGEROUS
PREMISE?
PLUS
LIA
BEBE
TASHA
CAROLYN
RACHEL &
NESHA
APRIL-MAY 2007

유명해지고 싶은 욕망이 있으면 어떻게 그것을 감당할 것이냐?
또 그것을 어떻게 사회에 공헌할 것이냐?
여기까지 다 생각해야 한다.

시애틀의 언더그라운드 밴드였던 '너바나(Nirvana)'의
리더 '커트 코베인(Kurt Cobain)'은
하루 사이에 갑자기 록스타가 되었는데
자신의 유명세를 감당하지 못해 권총 자살을 하고 말았다.

팝의 황제 마이클 잭슨(Michael Jackson) 역시
보통 사람들처럼 살지 못해서 결국 고독한 생활을 하다 죽은 것이다.
한번은 신문기사에 마이클 잭슨이
가발을 쓰고 수염을 붙이고 뉴욕 지하철을 탔다고 나왔다.
그는 너무 재밌다고 했다.

하지만 큰곰은 그 기사를 읽고 너무 슬펐다.
그리고 우리나라의 유명한 연예인들도 이 무거운 짐을
어떻게 할 줄 몰라서
인생을 슬프게 마무리하는 경우가 있지 않은가.

1960년도 초에 우리 아버지는 〈클럽 21〉이라는 음식점 화장실에서 영화배우 '폴 뉴먼(Paul Newman)'을 만나고 깜짝 놀랐다고 한다.

"오! 폴 선생, 당신 키가 너무 작네."
그랬더니 욕을 했다고 한다.
유명한 사람은 화장실 가기도 힘들단 뜻이다.

여러분! 꼭 유명해지기만을 바라기보다는
유명해지면 뭘 해야 할지부터 생각해야 하지 않을까요?
대통령 되는 것이 목적이 아니라
대통령 되면 어떤 정책을 펼칠 것인가를 고민해야 하지 않을까요?

영국의 록 그룹 롤링 스톤즈(Rolling Stones)의
'믹 재거(Mick Jagger)'도 말했습니다.

"산꼭대기에 앉아 있으니까 너무나 고독하더라."
"It's lonely at the top."

결혼식과 장례식

큰곰은 지난주에 결혼식 한 번과 장례식에는 두 번이나 다녀왔다.
이제 장례식에 가는 것이 더 많아진 나이가 된 것이다.

부모님, 다음은 선배들, 그리고 우리 친구들도
하나씩 둘씩 소식이 들린다.
큰곰은 장례식장에 갈 때마다 느끼는 것이 있는데
세상을 떠난 고인이 자기에 대해서 어떻게 말하는지 들을 수 있다면
얼마나 좋을까 하는 것이다.
그것이 그 사람의 인생을 정리하는 순간이나 마찬가지가 아닐까.

최근에 세상을 떠난 윤 사장은
내 노래 〈물 좀 주소〉를 녹음한 음반사 대표였다.
생전에 아주 강직한 사업가였는데
내 음악이 들어간 어느 유명 감독의 영화시사회 전날,
자기한테 허락을 안 받았다며 법적으로 상영금지를 시킬 정도였다.
그렇게 강직하고 다른 사람들과 자주 부딪히곤 했었지만
세상을 떠난 뒤엔 "윤 사장은 음악의 개척자야~" 하면서
다들 칭찬해줬다.

IN GOD'S LOVING CARE
SCHOEPFLIN
LUDWIG
1909 - 2002
AGNES
1916 - 1998
MATTHEW
ELIZABETH
LOVE ENDURES...
IRINA BOUDAJAN
1950 - 2002
MIKHAIL ROMASHOV
1950 - 2002
REST IN PEACE

또 이 박사라는 사람이 있었는데 살아 있을 때
자기 자식들도 제대로 돌보지 않고 그냥 바이올린이나 하면서
자기 인생을 즐겼다. 하지만 이 박사가 고인이 된 뒤에는 다들
"그래도 이 박사는 참 멋쟁이였어" 하고 결론을 내렸다.

점점 장례식이 늘어나는 큰곰의 인생.
이제 나도 마지막이 언제가 될까 생각하게 된다.
그때가 되면 사람들이 나에 대해 어떻게 말할 것인가?
음악생활 40년 하는 동안 얼마나 많은 사람들에게 도움을 받았겠는가?
최소한 100명은 되지 않을까?

어쨌든 장례식에 가는 횟수가 늘어나면서 나도 많이 피곤해졌다.
한 달에 두세 번만 가도 시간적인 것은 물론이고,
주머니사정도 장난이 아니다.
양호 교육비에도 구멍이 날 것 같다.
우리 양호야, 빨리 커라.

지구가 많이 아픈가봐

2주 전 행사모의 어떤 분이
최근의 지나친 기후변화를 보고 문자를 보내왔다.

〈지구가 많이 아픈가 봐요〉

그 안에는 많은 뜻이 내포돼 있다.
우리 인간의 불양호한 행실 때문에
지구가 지금 중환자실에 누워 있는 것이다.

큰곰이 모스크바에 신혼여행을 갔을 때
옥사나가 아침에 커피를 마시면서 말했다.

"나폴레옹과 히틀러가 못 이룬 일을 칭기즈칸이 이뤘다.
칭기즈칸 삼촌은 러시아를 정복하고 지배한 것이 300년이나 된다."

야~ 놀라운 사실이었다. 큰곰은 여행을 마치고 뉴욕으로 돌아가자마자
그 대단한 칭기즈칸에 대한 책을 다 찾아보았다. 세 권밖에 안 되더라.
그 책들을 열심히 공부했다. 책 중에 칭기즈칸 형님의 명언이 있었다.

"오만하지 말라"는 것이었다.
이번 전투에 이겼다고 고릴라 떼들같이 가슴을 때리며
"우리가 최고다"라고 좋아하지 말라.
절대 우리가 최고가 아니다. 다음 전투에 질 수도 있다.
그러니 겸손하고 하늘 · 땅 · 바람에 감사하라는 것이다.
그 대단한 칭기즈칸도 자연에 감사할 줄 알았던 것이다.

그래서 몽고인들은 보드카를 마실 때마다
검지손가락으로 하늘(하나님) 땅(인간) 바람(영혼)에게
감사하는 마음으로 한 방울을 떨어뜨리고 마신다.

우리 현대인들도 칭기즈칸 형님처럼 늘 겸손한 마음을 가지고
자연에 감사해야 하지 않을까?
그래야 중환자실에 누워 있는 지구가 빨리 낫지 않을까?

요즘 영화는

작년에 세상을 떠난 고 마이클 잭슨(Michael Jackson)은
자기 집인 '네버랜드'에 100석짜리 개인영화관이 있었다.
큰곰도 한 2천 석짜리 멀티플렉스 영화관을 가지고 있다.
우리 집 바로 옆에 대형 영화관이 있기 때문이다.
잠옷 입고 마지막 상영하는 영화를 보러가도 된다.
그래서 사람들이 큰곰을 몹시 부러워한다.

"대수야, 너 영화 억수로 보겠다?"

하지만 우리 가족은 일 년에 서너 번 볼까 말까다.
볼 영화가 전혀 없기 때문이다.
큰곰은 음악도 좋아하지만 영화 보는 것도 아주 즐긴다.

1968년 스탠리 큐브릭(Stanley Kubrick) 감독의 〈2001 스페이스 오디세이(A Space Odyssey)〉를 보고 쇼크를 받았다. 영화가 이런 것이구나! 하고 말이다. 그 이후 베르톨루치(Bertolucci), 구로사와 아키라(Kurosawa Akira), 오시마 나기사(Oshima Nagisa), 프랜시스 코폴라(Francis Ford Coppola) 등등 대가들의 작품을 공부하며 감상했는데 예술이었다. 정말 좋았다.

그런데 요즘 영화들은 이상하다.
감독은 어떻게 하면 사람을 더 잔인하게 죽이느냐를 연구하는 것 같다.
잔인한 죽음과 더욱 더 잔인한 복수가 영화 내내 이어진다.
그리고 한국영화는 왜 이리 끔찍해졌나?

포스터만 봐도 진절머리가 난다. 항상 찢어진 얼굴에 상처 투성이다.
그리고 지구멸망을 묘사하는 영화는 또 왜 이리 많이 나오나?
큰곰이 친한 두 영화감독에게 물어봤다.

"요즘 영화들이 와 이카노?"
"요즘 사람들은 자극성이 있어야 영화를 봐요."

그러나 큰곰은 그렇게 생각하지 않는다.
영화감독은 사회적인 책임이 있다고 생각한다.
이렇게 잔인한 영화가 실제 범죄가 되지 않겠는가?
자극성이 없어도 얼마든지 좋은 영화를 만들 수 있지 않은가?
정말 영화 볼 게 너무 없네요!

10th
PiFan20
Nikon

병역 기피?

요즘 고위층이나 유명 연예인들의 병역 기피 문제가 다시 도마에 올랐다. 하지만 이 문제는 예전부터 있었다. 큰곰이 군 생활을 했던 1971년도에는 돈으로 해결이 안 되는 일이 없었고 부유층은 자식을 군대에서 빼냈다.

큰곰이 아는 어떤 사람은 돈은 없고 군대는 가기 싫어 어깨를 탈골시켰다. 물론 그걸로 군대는 안 갔지만, 한평생 어깨 통증을 앓고 있다. 아~ 비극적이지만 조금 웃긴다. 그 당시에는 사람들이 군대를 안 가려는 이유가 있었다. 군 생활이 너무나 혹독했기 때문이다. 큰곰은 군대에서 병장이 되기 전까지 2년 동안 엉덩이에서 허벅지까지가 항상 무지개 색이었다. 마지막 1년 빼고는 항상 얼차려로 고생했단 말이다. 그리고 기간도 길었다. 오 마이 갓! 군 생활이 무려 3년 3개월이었다.

현재 우리나라는 분단국가, 휴전상태이기 때문에 의무 징집제도를 실시하고 있다. 미국은 베트남전쟁 끝난 1974년에 징집제도가 폐지됐고, 일본은 2차대전이 끝나고 징집제도를 폐지시켰다.

큰곰이 볼 때 이런 우리나라 상황은 참 안타깝다. 20대는 에너지와 창의성이 가장 왕성한 중요한 때이다. 하지만 슬프게도 우리나라 젊은이들은 군대 때문에 그 순간을 놓친다.

빌 게이츠는 하버드대학교 2학년, 스무 살에 마이크로소프트를 설립했지 않은가? 연예인들도 젊은 시절, 인기를 잃을까봐 병역을 기피하는 것 같다. 보통 가수나 배우가 스무 살에 데뷔해서 히트를 치면 그 인기를 유지하기 위해 온갖 홍보활동을 해야 한다. 그러다 보면 나이가 스물대여섯이 되는데 딱 이때 군대를 가야 한다. 한창 인기가 폭발할 때쯤 군대를 가야 하니 두려워하는 것이다.

큰곰도 68년도에 누구보다 일찍 가수로서 데뷔했지만 군대를 다녀오는 바람에 훨씬 뒤에 데뷔한 김민기와 양희은이 먼저 앨범을 냈다. 그리고 큰곰은 군을 제대하고 나서 인생관이 많이 변했다. 인류에 대한 희망을 더욱 더 잃었고 그것이 음악에 반영이 됐다.

지금은 분단국가라는 어쩔 수 없는 상황이라 군대를 꼭 가야하지만 하루 빨리 전쟁이 없고 평화로운 한반도가 되어 군대가 필요 없는 때가 오길 바란다.

여러분! 큰곰은 평화 양호당 당수로서
전 세계에 군대가 필요 없는 날이 오길 바랍니다.

1941 ~ 1945
PAX
GREAT DEPRESSION 1929
REBUILT EUROPE & U.S.
ATLANTIC & PACIFIC WWII
COLD WAR
THEY GAVE UP ALL THEIR TOMORROWS
SO WE CAN HAVE ALL OUR TODAYS
PACIFIC
GUADALCANAL
NEW GUINEA
CHINA-BURMA
PHILIPPINES
IWO-JIMA
OKINAWA
JAPAN
ERIC W. MENDEZ
ARTHUR C. OLSON
GEORGE POSTEL
STUART A. RAMBO
JOHN F. SCHUSTER
LEONARD SCHWEYER
ANTHONY SCUTIERO
ADOLPH STEGMEIER
SALVATORE TESTA
HEWNING TONJES
WALLACE TORRES
JERRY Z. ZAVATJIAN
NICHOLAS J. ZULLO

GAYS ONLY
JEWS ONLY
COLORED ONLY
THE KING IS A WOMAN
BECOME YOUR DREAM
HOW MUCH LONGER MUST I FAKE THIS FACE
BECOME YOUR

미국이 가난해진 이유

얼마 전, 큰곰의 친구인 사진작가 리치가 뉴욕에서 전화를 걸어왔다.

"야~ 대수야! 도무지 못 살겠다. 일거리도 하나도 안 들어오고, 할 수 없이 아파트 페인트칠을 하고 있는데 이 나이에 힘들어 죽겠다. 방값이 두 달째 밀렸다."

아! 세계 최고의 도시, 미국 뉴욕에 사는 사람이 일이 없어서 힘든 생활을 하고 있다니 문제가 심각하다. 그렇지 않아도 지금 미국 대통령인 버락 오바마가 골머리를 앓고 있다. 미국은 1939년 경제대공황 이후로 최고의 실업률을 기록하고 있다. 무려 10퍼센트! 전국적으로 수백만 명에 달하는 홈리스, 즉 집이 없이 떠도는 사람들과 아예 직장을 포기한 이름 없는 사람들을 포함하면 아마 13퍼센트 정도가 될 것 같다.

그렇게 부자 나라라고 하던 미국이 어쩌다 이렇게 되었는지 나름대로 한 번 분석해 보았다. 큰곰은 거리의 학자가 아닌가? 물론 캠퍼스에서 박사 학위는 받지 않았지만 말이다.

큰곰이 보기에 그 첫 번째 이유는 2003년 시작한 이라크, 아프가니스탄 전쟁이다. 미국은 이 두 전쟁에 엄청난 돈을 쏟아부었다. 하루에 이라크는 7억2천만 달러, 아프가니스탄은 1억3천만 달러를 쏟아부었다. 아무리 경제대국이라고 해도 7년 이상 이런 액수를 감당할 수는 없다.

MERY STEEL
718-381-3731
CLOSING S
EVERYTHING MUS
ANDROME

두 번째 이유는 웰페어 시스템(Welfare System), 우리나라 말로 하자면 복지시스템의 문제이다.

미국에서는 빈곤층을 위해서 아파트 값을 반값으로 지원하고, 푸드 스탬프(Food Stamp)라고 해서 공짜 식권을 주고, 심지어 아이들의 분유까지 공짜다. 물론 복지제도는 어느 사회에서나 꼭 필요한 것이고, 이를 통해 미국 사회에 공헌한 사람도 많지만 이 시스템을 이용만 하고 실제로 일을 안 하는 사람이 많다.

큰곰이 미국에 있을 때, 8시간 동안 힘든 노동을 하고 슈퍼마켓 계산대에 줄을 서 있는데 리시아에서 일주일 전에 온 아줌마가 밍크코트를 입고 공짜 식권을 내더라. 솔직히 좀 화가 났다.

미국이 큰 젖소라면, 현재 웰페어 시스템은 젖만 짜먹고 사료는 먹이지 않는 셈이다. 그렇다고 이런 시스템을 당장 없앨 수는 없다. 정말 어려운 처지에 있는 사람들에게 복지시스템은 꼭 필요하기 때문에 하루아침에 이런 것들이 사라진다면 폭동이 일어날 것이다. 참 어려운 문제다.

이러한 미국의 문제가 전 세계 자본주의에 영향을 주고 있다. 어서 해결이 되어서 우리 친구들, 젊은이들이 웃을 수 있었으면 좋겠다.

LAND OF FREE
HOME OF BRAVE
YEAH, RIGHT !
51 SHOTS!
&*!@#$%
51 SHOTS!

여자와 단물

조카에게 전화가 왔다.
"삼촌, 내가 양호 데리고 공원 가는 날인데 한 시간 정도 늦겠어요.
어제 저녁에 남자친구랑 단물을 너무 많이 해서 머리가 아파."

조카가 오자마자 나는 설교를 안 할 수 없었다.
제목은 '여자와 단물'

"조카야, 남자에 비해서 여자의 위장에는 '엠자임'이라는 알코올 분해 효소가 부족하다. 그러므로 여자는 빨리 취하게 되고 많은 부작용이 생긴다. 내가 대학 1학년 때 나를 포함한 남학생들은 처음으로 집으로부터 해방된 기쁨에 여학생들과 단물을 많이 마시기도 했다. 그런데 함께 마셔 보면 역시 여학생들은 남학생들보다 훨씬 힘들어 했다. 그리고 조카야, 여자의 몸은 하나의 작은 우주다. 굉장히 어렵고도 복잡한 기관들이 있다. 그러므로 나쁜 화학물질이 침투하면 건강에 큰 타격을 입는다. 그리고 너같이 아름다운 이십대 여자는 피부에도 타격이 많이 간단다."

큰곰이 40년 동안 연구한 결과, 남자 넉 잔에 여자는 한 잔 정도이다. 그러니까 회식이든 데이트든 매번 건배를 할 때마다 많이 마시면 안 된다. 눈치껏 조금씩~ 조금씩~. 내가 택시를 자주 타는데 기사님들도 여성들의 단물에 대해 걱정을 많이 하더라.

인간의 승리

얼마 전, 칠레 광부 구조작업은 정말 기적이었고 인간승리였다.
안치환 씨 노래같이 '사람이 꽃보다 더 아름다운' 순간이었다.

오늘 저녁 집에 가면서 칠레 와인이나 한 잔 마셔야겠다.
이 사건을 보고 큰곰이 또 다시 생각해 보았다.
광부들이 저 땅 아래 갇힌 것부터가 이상한 게 아니었을까?
우리 인간이 구태여 육백 여 미터나 땅을 파고 들어가야 했나?
금이나 은 같은 보석이나 또 석탄 같은 광물을 꼭 캐내야 하나?
하나님이 그러지 않았던가?
우리의 필요한 모든 것이 이 지구 위에 있다고.
곡식과 과일, 나는 새와 짐승, 맑은 공기와 물.
계속 이어지는 중국이나 러시아에서 발생하는
탄광 재난을 들을 때마다 큰곰은 참 슬프다.

우리가 지구 여러 군데 구멍을 파서 내려갈 필요가 있습니까?
동시에 지구온난화에 미치는 영향을 생각해 봐야 하지 않을까요?

세계의 메트로폴리스

매일같이 목동에서 예술의 전당까지 출근하면서 참 고층건물들이 많이 올라간다는 걸 느낀다. 아마 베이징 상하이 다음으로 공사를 많이 하는 것 같다. 큰곰의 바람은 우리가 앞으로 백 년 동안 볼 수 있는 조각 작품이므로 더욱 더 예술적인 작품이 올라갔으면 좋겠다. 한강을 건널 때마다 느끼는 생각인데 63빌딩은 뭔가 어색하고 고독하게 보이고, 한강변의 스카이라인도 뭔가 민숭민숭하다.

나는 미국에서 제일 유명한 건축 사진 스튜디오 '네테니얼 리버맨'이란 스튜디오에서 3년 동안 일을 했으니 이런 말할 자격이 약간은 있다.
세계에서 가장 아름다운 고층빌딩을 가진 나라를 생각해 보았다.

4 미국의 뉴욕
뉴욕은 바둑판이다. 너무 설계를 잘했다. 영어를 하나도 못하는 우리 할머니가 1958년도에 할아버지 사무실에 혼자 찾아가서 점심을 나눴다니 상상을 해 봐라. 물론 9 · 11 테러로 쌍둥이빌딩이 사라져 버려 아쉽지만 말이다.

3 중국의 상하이

푸동강 위로 떠 있는 아름다운 고층건물의 조각상들이 예술이다. 가면 갈수록 더 작품으로 도시가 변하고 있다.

2 미국의 시카고

아주 대도시는 아니지만 모든 건축물이 조각을 이룬다. 기막힌 모자이크다. 홍대 건축과 교수와 이야기를 나누다가 자기도 시카고는 그야말로 세계 최고의 아름다운 건축도시라고 한다.

1 프랑스의 파리

"파리는 폭격하지 말라. 생포로 잡아라. 내 왕관의 보석이다."

히틀러가 이렇게 말할 정도로 아름다운 도시이다. 2차대전 때 한 번도 폭격을 안 당한 유럽도시이다. 한 번 보든 백 번 보든 이 도시는 그야말로 작품이다. 에펠탑 건너편에 '라데팡스' 신도시 역시 예술적으로 건설되고 있다.

결혼이냐? 아니냐? 이것이 문제로다

지난해 러시아의 푸틴 총리가 가장 사랑하는 막내딸 카띠아가 한국 제독 아들과 결혼한다는 소문이 돌았다. 아주 예민한 문제이다. 워낙 오랫동안 권력을 잡은 러시아 총리로서 많은 지지자도 있지만 세계적인 재벌 카타코프스키를 10년 이상 감옥에 가두었으니 재벌 계통에서도 반감이 많고, 또 체첸 공화국에 적도 많다.

몇 개월 전 모스크바 지하철 자살 폭탄테러로 몇십 명이 희생당했다. 두 가족이 공식적으로 발표하지 않은 상태에서는 우리 미디어가 굉장히 조심해야 할 필요성이 있다. 러시아 내에서 푸틴 총리의 가족사진은 공개된 적이 없고 카띠아가 모스크바 거리를 걸어도 모를 정도로 사실상 엄격한 보안대책을 세웠다.

모스크바 뉴스통에 의하면, 한국 텔레비전에서 자기 딸의 사진이 나왔다는 데 대해 불쾌감을 표했다고 한다. 만약 결혼이 이뤄진다면 양국은 상당히 직접적 간접적인 관계가 형성될 것이다. 과거 왕족들도 동맹관계를 위해서 결혼을 하지 않았던가. 예를 들어 짜르 니콜라스가 영국 귀족을 부인으로 맞이했듯이, 또 프랑스 루이 16세도 오스트리아 공주와 결혼했듯이. 여하간 우리는 조용하게 지켜봐야 할 것이다.

옥사나는 농담을 한다. “이 결혼이 성사된다면 나의 조언이 필요할 걸.”

물론 우리는 그 근처에도 못 갈 거라는 걸 알고 있지만 말이다.

옷도 자라는가?

마누라가 겨울옷을 다 꺼내기 시작한다.
"야! 이건 내가 뉴욕에서부터 즐겨 입던 코트네."
"야! 이건 로마에서 사지 않았나?"

그런데 대부분 옷이 크다. 일 년 동안 옷이 이렇게 자랐나? 말하자면 내 몸이 줄어들기 시작한 것이다. 키도 1cm 반, 그리고 bone marrow (골수)도 줄어 어깨도 2cm 줄어들었다. 다행히 덩치 큰 나의 절친한 사진작가 친구가 있어서 전화를 걸었다.
"야! 너 선물 많다. 빨리 와."

그 친구에게 코트 네 개, 셔츠 다섯 개를 물려주니까 친구는 너무너무 좋아서 기뻐하더라.

갑자기 아버지가 생각난다. 덩치가 좋았던 아버지. little oriental(덩치 작은 동양인)이 아니었기 때문에 오십년대 뉴욕의 어려운 출판계를 뚫고 들어가 성공적으로 사업을 하는 데 도움이 됐을 것이다. 하지만 70대에 본 아버지, 그리고 돌아가실 때 80대에 본 아버지는 완전히 어린애처럼 몸이 줄어들었다. 나도 그 길로 가고 있지 않는가? 항상 아버지가 하는 말이 귓가에 맴돈다.

"Such is life." ("인생은 다 그런 거야.")

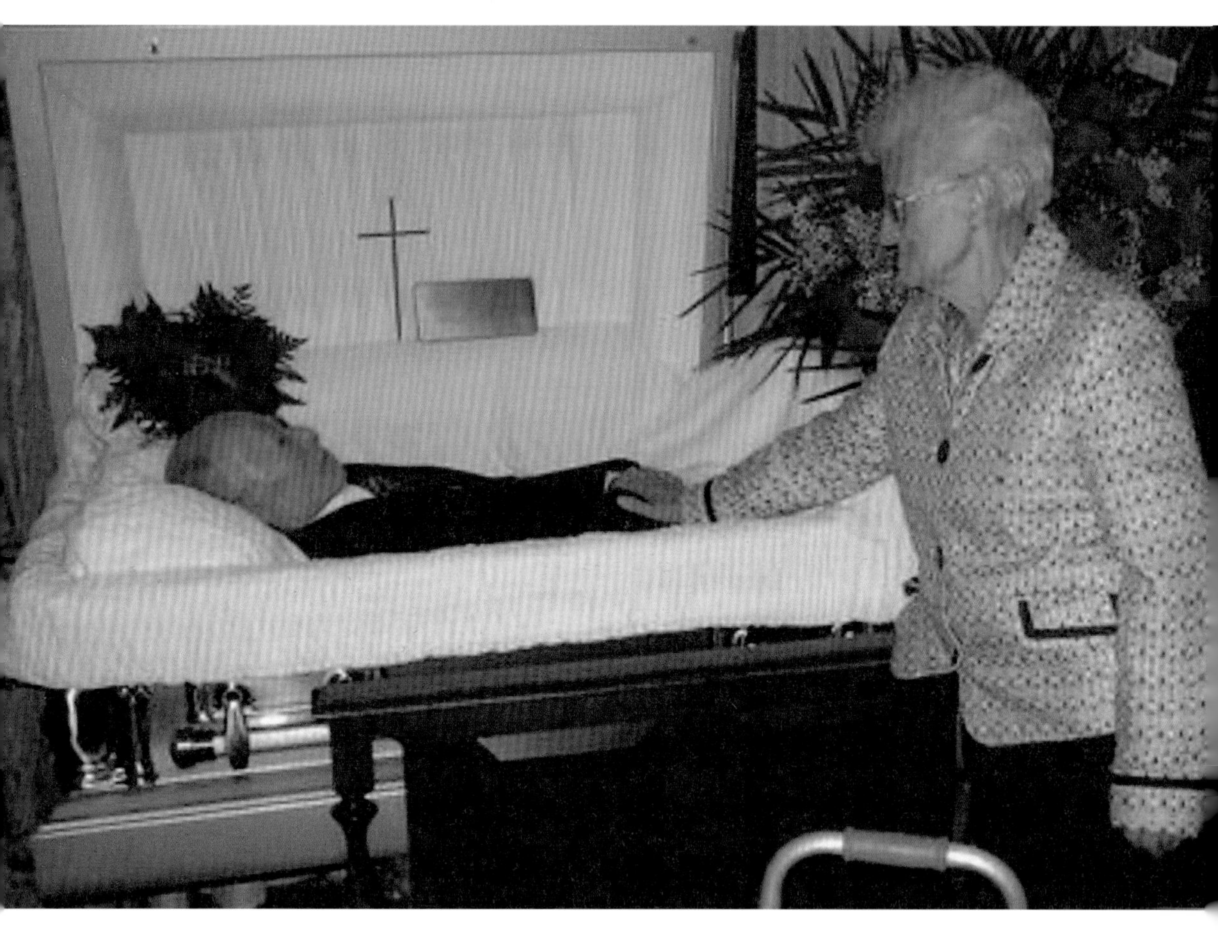

인텐스(과격)하다

음악가 친구 사우스 웨이한테 전화가 왔다.

“야, 대수야 내일 모레 런던으로 돌아간다.
마지막으로 네 얼굴을 봐도 되겠니?”
“아~ 정말 돌아가? 그래, 그래 오늘 와.”

2년 동안 서울서 음악가로 성공하려고 온갖 노력을 했지만 결국 자기 나라로 돌아가는 것이었다. 내가 아무런 도움이 못 돼서 정말 미안했다. 하지만 사우스 웨이의 음악은 전부 영어로 돼 있고, 또 음률도 너무 전위적이었다. 그래도 한 가지 건진 건 있었다. 한국 마누라를 구했다. 그가 떠나면서 하는 말이 생각난다.

“한국은 투 인텐스(지나치게 과격해). 경쟁률도 너무 높고 성공에 대한 갈망도 지나치고, 그래서 자살률도 높지 않는가?”

나도 가만히 생각해 봤다. 글쎄, 수퍼 파워 일본 · 중국 · 미국 간의 힘싸움 때문인가? 아니면 빈부격차가 심해서일까? 아니면 남북 간의 긴장 때문일까? 우리 사회의 이 생존경쟁.

SOUTHWAY
TAMA

40대 여성 앵커는 어때요?

야! 믿어지지 않는다. 두 딸은 다 사라지고 나 혼자 뭘 먼저 할까?
기타를 칠까? 아니면 옆집 가서 영화나 하나 볼까?
아니면 낮잠이나 잘까?
낮잠은 무슨……. 오랜만에 한국 TV 좀 보자.

항상 리모컨은 큰딸이 독차지 했었는데,
한국 TV 정말 오랜만이구나. 아 그런데 뉴스가 나오네.
처음으로 40대 여성 앵커가 나왔다.
뭔가 귀에 쏙쏙 들어오고 신뢰가 갔다.

갑자기 '다이앤 소여(Diane Sawyer)' 생각이 난다.

그녀는 닉슨 정부 때 백악관 대변인으로서 활동했다.
백악관에서 나와서도 다이앤 소여는 앵커로서 활약했으며,
60대가 넘은 지금도 계속 특집 프로그램을 맡고 있다.
그것은 국민들의 신뢰와 인정을 받은 것이다.

그리고 '월터 크롱카이트(Walter Cronkite)'는
65세 정년퇴직할 때까지 국민이 놔주질 않았다.
이 사람이 해가 서쪽에서 뜬다고 하면 다 믿을 정도였다.
우리 TV는 20대 미모의 여성 앵커가 주류를 이루고 있다.
여러분은 어떻게 생각하세요?

영어의 침공

전 세계 언어에 영어가 침투되어 있다.
이것은 200여 년의 대영제국과 60여 년 가량의 대미제국의 결과다.

러시아에서 '카라쇼'라는 자기 말이 있지만 '오케이'가 더 유행이다.
또 보는 사람마다 러시아말로 '모이 두루이자' 보다는
'마이 프렌드' 그런다. 즉 보드카 한 잔 사달라는 말이다.

일본은 우리보다 더 영어가 많다. 그런데 이상하게 '루'를 붙인다.
베이스보루, 비루, 호테루 등등. 아침에 신문을 읽을 때마다
영어 침투에 대해 놀랄 수밖에 없다.
길게 설명할 말을 간단하게 처리할 수 있고,
또 뭔가 유식하게 멋있게 보이는 경우도 있다.
흔히 쓰는 단어들은 이렇다.

1 인프라 : '인프라스트럭처(infrastructure)'를 줄인 말이므로
도시의 체제나 교통시설 등을 말하는 것이다.
2 이데올로기 : 아이디알라지다. 개념과 체제를 말하는 것이다.
즉 자본주의 사회주의 등 체제를 표현하는 것이다.

살아있다는 것에 감사하라!
블레임
살아있다는 것에 감사하라!
블레임
살아있다는 것에 감사하라!
블레임
살아있다는 것에 감사하라!
블레임

3 코믹 : 카미끌. 우스꽝스럽다. 그 말이다.
4 섹시 : 성적 충동을 준다는 말이다. 한국말로 하니까 불경해 보인다.
5 마니아 : 광적이라는 말인데 미국에선 그다지 쓰이지 않는다.
아주 미친 정도가 아니면.
6 엘레강스 : 고상하고 우아하다. 그야말로 귀족 같은 사람이나,
아니면 패션 디자이너에게나 쓰는 말인데 너무 많이 쓰인다.
7 쉬크 : 프랑스 말이 미국화 된 것으로 패션 감각이 뛰어나고
브랜드 네임을 쫓아가지 않고 자기가 선두를 이끄는 패션을 창작하는
감각을 가진 사람을 말한다. 여자들이 제일 듣기 좋아하는 말이다.
'유 아 소 뷰티풀' 보다도 좋아한다.

이러다가 50년 후에 세계 언어가 글로벌화 돼서 하나가 되지 않을까요.

ETUDE House
www.etude.co.kr
콜라텍내
SMILE

과대포장

프린터기에 잉크가 떨어졌다. 큰일났다.
큰곰이 인터넷에 대해서는 전혀 모르는데 글은 써야 되고,
잉크는 떨어졌고, 마누라는 입원해 있고, 할 수 없다. 전화를 했다.

"옥 선생, 프린터기 잉크가 떨어졌는데 어떻게 하면 되지?"

마누라는 프린터 가게에서 몇 번이라고 쓰여진 잉크를 사라고 자세히 알려줬다. 바로 달려갔다. 큰곰은 깜짝 놀랐다. 6㎝×3㎝ 되는 카트리지가 포장은 20㎝×10㎝이다. 플라스틱 밀폐 포장까지 돼 있었다. 말이 안 된다. 결국 다 버릴 건데 왜 종이와 인쇄물을 낭비하느냐.

이 외에도 포장이 정말 많다.
양호 선생님 선물하려고 화장품 몇 개를 샀는데, 이중 삼중 포장에 유명 화장품 쇼핑백까지. 그리고 우리 조카 졸업식에 꽃을 샀는데 고급 천으로 몇 번 휘감아서 이게 꽃인지 천인지 구분이 안 가더라.

우리가 살고 있는 지구가 더 뜨거워지지 않도록
생활 속에서 실천합시다.

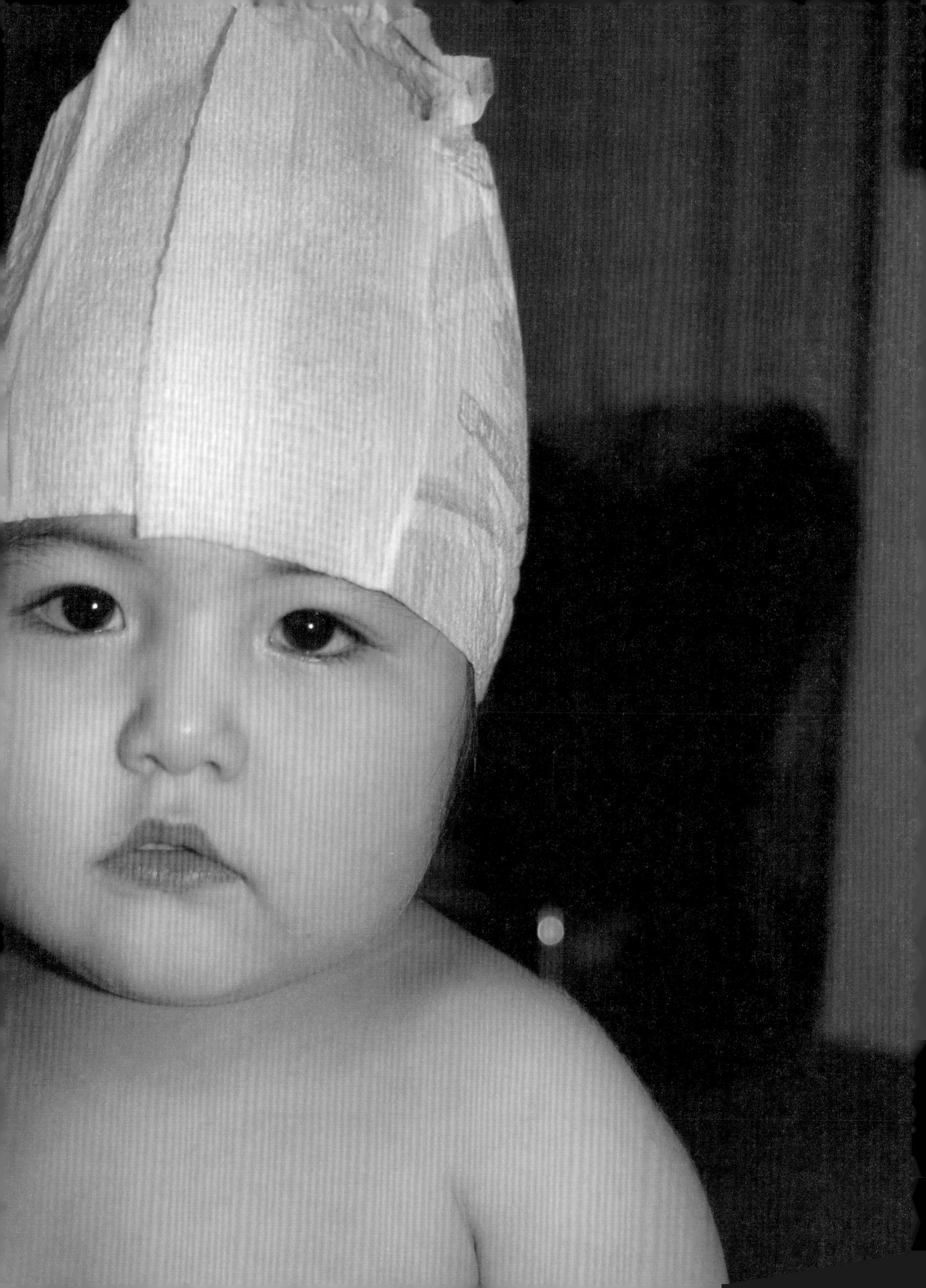

독도냐, 다케시마냐?

독도 문제로 한일관계가 감정적으로 증폭되고 있다.

전 세계에 영토문제는 많다.
큰곰이 40여 년 간의 국토 영토분쟁을 연구한 결과를
'DR. 큰곰'이 말해 보려 한다. 세 군데만 예를 들어 보겠다.

첫 번째, 이스라엘 vs 팔레스타인
1948년도 대영제국의 주도 아래 팔레스타인 영토 내에 수립된
State of Israel은 Biblical Rights 즉,
성서적인 역사와 권리로 그 땅이 마땅히 자기 땅이라고 주장한다.
반면 팔레스타인은 어처구니 없이 자기 땅을 빼앗겼다고 해서
자살폭탄 테러로, 혹은 돌멩이로, 보복전쟁을 치르고 있다.
1948년 이후, 63개의 크고 작은 전쟁으로 2백만 명 이상 죽었고,
지금도 계속 죽고 있다.

두 번째, 인도 vs 파키스탄 – 캐시미어 전쟁
서로 이 국경 지역을 자기 땅이라고 주장하며
세 번의 전쟁을 치른 결과, 약 4만 7천 명이 죽었다.
1947년 대영제국이 물러나면서 무책임하게
두 개의 국가로 갈라놓았기 때문이다.

세 번째, 일본 vs 러시아 – 쿠릴 섬(쿠릴 열도) 문제
1945년 일본에 원자폭탄이 두 개 투하되며 항복하기 직전,
스탈린이 홋가이도 북쪽의 네 개의 섬을 점령했다.
현재 일본은 불법 점령이라 하여 돌려줘야 한다고 주장하고 있다.
하지만 전혀 해결되지 않고 있다.

이렇게 세계적으로도 영토분쟁은 참 많다.

현재 국제사회는 독도 문제에 있어 어느 편도 들지 않는다.
공식적인 이름은 Liancourt Rocks.
이 섬을 발견한 프랑스 탐험가의 배 이름을 따서 이렇게 불린다.

독도를 알리기 위해 뉴욕의 타임스 스퀘어나 빌보드(전자 광고판)에
몇 억씩 들여 일주일씩 광고를 하고,
또 고위 정치인들이 독도를 방문한다고 해서
국제사회가 "이곳은 한국 땅이다" 이렇게 인정해 주지 않는다.

뉴요커들은 자기 일 열심히 하고 아파트에서 안 쫓겨나는 데 신경쓰지 남의 나라 섬 문제에는 콧방귀도 안 뀐다.
따라서 'DR. 큰곰'의 생각에 세 가지 조치가 필요하다 생각한다.

1 International Geographical Union 국제 지리학 기구
헤이그에 가서 활발한 외교운동을 벌여야 한다.

2 International Court of Justice 국제법정
여기 가서 열심히 로비를 해야 한다. 우리에게 유리하다.
이 곳은 유엔 산하 기구이므로. 현재 유엔 사무총장이 누구냐?

3 U.S Board on Geographic Names 미국 지리학 이름 규명 기구
유리하다. 2008년까지 Liancourt Rocks로 했다가,
G.W Bush 사임하기 직전 한국 땅이라고 언급한 적이 있다.

마지막으로 독도 문제는 6자 회담에 포함할 필요가 있다고 본다.

결론적으로 감정과 광고가 아닌 활발한 외교가 정답이다.
현명하게는 독도 문제 해결은 계속 추진하면서
이웃 나라 일본과의 외교 관계, 스포츠, 문화 부분은 별도로
계속 발전시켜야 한다.

금세기 최고의 외교관 Henry Kissinger와 저우언라이(주은래)는
늘 '따뜻한 마음과 차가운 두뇌'로 협상을 했다.

우리와 일본은 현재 '차가운 마음과 뜨거운 두뇌'를 가지고 있다.

you have to heat up the oven, before you put the meat in

o

오븐을 달구고 나서 고기를 집어 넣어라.

_ 미국 어머니 수

_ american mother sue

한대수

"당신은 당신의 어린 시절의 제물이다. 당신은 어린 시절의 상처를 절대로 극복하지 못할 것이다."
이 극복할 수 없는 상처가 없었다면 좋았겠지만, 또 그 상처가 없었다면 내 음악도 없었을 것이다.
작곡은 내 마음의 상처의 치유다. 그리고 내 음악이 여러분들의 상처의 치유가 되면 더 이상 바랄
것이 없다. 그래서 나는 음악을 한다.

나는 왜 음악을 하는가

내가 왜 음악을 하는지 나 자신도 모르겠다. 그냥 일상생활에서 어떤 자극이나 영감을 얻으면 나도 모르게 노래가 만들어진다. 수학공식처럼 정해진 형식도 없고 일정한 법칙도 없다.

내가 사는 퀸스 아파트에서 《뉴욕타임즈》 일요판(나는 30년 동안 《뉴욕타임즈》 일요판을 종교예식마냥 일요일 새벽에 일어나 읽어 왔다. 신문 두께가 7센티미터 정도고 다 읽는 데 네 시간이나 걸린다. 할아버지로부터 물려받은 습관이다. 내 첫 번째 마누라는 그렇게 몇 시간이고 꼼짝 않고 신문을 읽는 나를 보고 치질이 안 걸린 것이 기적이라고 할 정도였다)을 사러가다 술에 취해 비틀거리며 걸어오는 늘씬한 금발 미녀를 보고 〈White Woman〉이란 곡을 썼다. 마스터피스를 제작하러 잠시 한 달 동안 오피스텔에 머물면서 혼자 잠에서 깨어나 표현할 수 없는 소외와 공포를 느끼기도 했다. 그리하여 8집에 수록된 〈Paranoia〉이라는 곡이 탄생했다.

보통 곡의 주제가 되는 '후렴' 부분이 나의 뇌리를 강타한다. 〈White Woman〉의 경우에는 "White Woman, can I come home with you?"라는 후렴이 순간적으로 떠올랐다. 그 당시 즉흥적으로 느낀 성적 갈망이었다. 그리고 〈Paranoia〉를 작곡할 무렵에는 잠에서 깨어나 느낀 공포로부터 영감이 떠올랐으므로 "난 잠자기가 무서워"로 곡이 시작된다.

일단 주제만 잡으면 나머지 코드와 음의 진행과 가사는 분위기에 맞춰 연결하면 된다. 보통 영감만 얻으면 곡은 서너 시간이면 완성된다. 사람들이 좋아하는 〈물 좀 주소〉와 〈행복의 나라로〉도 곡을 완성하는 데 두 시간 걸렸다.

작곡을 하는 데 가장 중요한 것은 음이다. 사람들이 내 노래를 듣고,

© 조상호

가사가 훌륭하다고 하지만 사실 좋은 음이 없으면 아무리 훌륭한 가사도 무의미해진다. 가사 없는 훌륭한 음악들이 많지 않은가? 클래식 심포니 대부분, 그리고 재즈와 뉴에이즈의 음악이 좋은 예다. 음이 인간의 몸매라면 가사는 옷이다. 일단 몸매가 완벽해야 무슨 옷을 입혀도 매력적이다.

그 반대는 있을 수 없다. 밥 딜런이나 레너드 코헨의 문학적인 가사를 대중들은 중시하는데, 사실상 그들의 곡이 일단 완벽하다. 딜런의 〈Knockin' On Heaven's Door〉나 코헨의 〈Suzanne〉는 곡 자체가 명곡이다. 말하자면 아름다운 몸매에 착 달라붙는 세련된 패션의 옷을 입힌 셈이다. 그러니 그들 곡은 예술이 아닐 수 없다.

나는 음대 근처에도 못 가봤다. 제대로 작곡을 배워본 적이 없는 엉터리 작곡가다. 왜 내가 음악을 하는지 생각해 보면 내가 음악가의 가정에서 태어났기 때문일 수 있다. 할아버지는 말도 못할 음악광이었고, 1940년도에 연희대학의 창설자인 언더우드 박사의 추천으로 프린스턴으로 유학을 가서 신학박사학위를 딴 사람이다(이승만 박사도 프린스턴의 선배였다).

할아버지의 꿈은 클래식 음악을 전공하는 것이었지만, 기독교를 이 땅에 전파시키는 것을 목적으로 한국 출신의 용병 목사가 필요했던 언더우드 박사는 "한군, 음악도 좋지만 신학학위를 따고 음악을 부전공하는 것이 어때?" 하면서 팔을 비틀었다. 당시 할아버지는 이미 바이올린도 연주하셨지만, 미국 명사의 추천 없이는 유학갈 돈도, 방법도 없었을 때였다. 짧은 영어에 박사학위 논문을 쓰느라 눈코 뜰 새 없었고 잠잘 시간도 모자란 한국 유학생이 어떻게 부전공을 생각할 여유가 있었겠는가.

그리하여 신학학위만 취득한 채 귀국하여 연희대학 초대 신학대 학장과 대학원장을 겸임하셨다. 당시 연희대는 미션스쿨로서 단과대학이 신학대학 하나뿐이었다. 나중에 세브란스와 합쳐서 연세대학이 된 것이다. 아마 할아버지나 언더우드 박사가 살아계셨다면 지금의 거대한 연세대학을 보고 까무라쳤을 것이다.

그 당시 할아버지는 점심시간이 되면 다른 교수들과 함께 식사를 하지 않고 꼭 사택에 오셔서는 유학길에 사온 신 매그노복스 하이파이로 우렁차게 베토벤 심포니나 바하 무반주 첼로를 한 시간씩 들으시고 다시 출근하셨다. 그것도 동네가 떠나가라는 듯이. 할아버지 생신 때가 돼서 내가 훌륭한 최신 클래식 음반 하나만 선물하면 가장 크게 기뻐하셨다. "역시 내 손자가 내 취향을 제일 잘 아는구먼" 하시면서 말이다.

그리고 할아버지의 또 다른 취미는 카메라였다. 항상 독일제 콘탁스를 보물같이 가지고 다니시면서 사진을 찍고 교수 가족과 동네 사람들을 초청해 슬라이드 쇼를 하는 것을 큰 낙으로 삼으셨다. 내가 살던 할아버지 집에는 수천 권의 철학, 음악, 미술책으로 가득찬 널직한 서재가 있었다. 그 서재가 내 개인 도서관이었다. 나는 수많은 시간을 그 안에서 보냈다.

10살 때부터 여자에게 관심을 갖기 시작하면서 브리태니커 백과사전을 통해 여자의 신체 부분을 샅샅이 훑어보았고, 비행기에도 관심이 많아 독일, 일본, 미국 전투 비행기를 일일이 공부하며 어떤 비행기가 공중전에서 승리할 것인가를 내 스스로 연구하고 판단했다. 당시 내가 매료된 비행기는 독일의 매서치미트와 일본의 제로, 그리고 미국의 무스탕기였다. 지금까지도 내가 가장 좋아하는 것이 음악, 사진, 책인데 돌이켜보니 그 모든 것들이 할아버지의 정신적 유산이었다.

그리고 우리 어머니가 당시로서는 드물고 드문 피아니스트였다. 어머

왼쪽 첫 번째는 할아버지(한영교), 세 번째가 큰할아버지(우리나라 최초의 의학박사, 한홍교), 다섯 번째가 큰할아버지(우리나라 최초의 고아원 애린원 원장, 한정교) 1957년

뉴욕에서 가족사진 1958년

NO
PARKING

니는 부유한 집안의 장녀였다. 외할아버지는 국내에서는 피아노를 구할 수가 없자 딸을 위해 나가사키에서 피아노를 구입해 화물선으로 실어 나르셨다고 한다.

어머니는 할아버지가 목회하시는 교회에서 피아노와 오르간을 연주했으며, 그 인연으로 할아버지의 며느리가 되었다. 즉 음악이 우리 가족을 모아준 시멘트 역할을 한 것이다. 이러한 분위기에서 나는 태어났고, 매일같이 우렁차게 울리는 음악을 들어가며 방바닥을 기어다녔다. 음악은 피할 수 없는 집안의 공기였다.

내가 직접 음악을 하게 된 것은 고등학교 때이다. 기타를 잘 치는 친구에게 기타를 배우게 되면서, 당시 내 우상이었던 엘비스 프레슬리(Elvis Presley)를 흉내내기 시작했다. 헤어스타일도 엘비스와 똑같이 포마드를 바르고 스타일링 했다. 뒤이어 접한 비틀스는 내게 '너도 곡을 쓸 수 있어'라고 용기를 주었고, 밥 딜런이 등장해 '가사에도 너의 생각을 담을 수 있어'라고 가르쳐 주었다.

내가 내 자신을 거울로 삼아 살아온 과정을 되비춰보면 참 희한하다. 왜 그렇게 굴곡이 심했고 변화가 많았는지. 그것도 동서양을 오가며 말이다. 나는 한 나라에서 학교의 입학과 졸업을 마친 적이 없다. 초등학교는 한국에서 입학하고 미국에서 졸업했다. 중학교는 미국에서 입학하고 졸업은 한국에서 했다. 고등학교 입학은 한국, 졸업은 미국이었다. 대학과 전문학교는 미국에서 다녔다. 나도 어지럽다. 미국에서는 '칭총(중국인을 비하하는 말)'으로 불렸고, 한국에 오면 '양키'라고 놀림받았다.

그 당시 미국은 백인 우월주의 분위기가 지금보다 훨씬 심했던 사회였고, 유색인종 인권운동이 활발해지기 이전이었다. 그리고 학교 공부는 얼마나 혼돈스러웠는지, 미국에서는 조지 워싱턴 전기를 읽고 셸리의 시

산
1964年 4月12日

에 대한 감상문을 써야 했으며, 한국에서는 세종대왕을 배우며 한자도 배워야 했다. 나의 해골은 아이러니와 혼돈으로 가득차 있었다. 돌이켜 보건대, 나의 성장 과정은 소속감이 철저히 배제된 상태의 연속이었다. 어디에서도 나의 소속은 없었다. 어떤 친구와 우정의 다리를 튼튼히 세우다가도 좀 친해질 만하면 그 나라를 떠나야했다.

나를 표현할 수 있는 가장 적절한 언어는 '소외'와 '고독'이었다. 그리고 그 결핍을 메우기 위해 음악을 한 것 같다. 작곡으로 내가 가진 고독과 분노와 갈망을 표현했고, 노래를 부르며 해소의 숨소리를 토해냈다. 창작활동은 내게 나만의 아이덴티티(정체성)를 찾으려는 출구이자 변명이었다. 그것은 지금도 마찬가지다.

청년이 되어 사랑과 절망, 결혼과 이혼을 경험하면서 음악은 나의 또 다른 탈출구가 되었으며 고통의 방패가 되었다. 대부분의 평론가나 팬들이 나의 1집인 〈멀고 먼 길〉을 가장 좋아하고 최근의 앨범들은 그다지 평가를 안 하는 것 같다. 기자 한 분은 "선생님, 요즘 음악은 너무 어려워요. 한국적인 얼이 모자란 것 같아요."라고 말했다. 물론 요즘의 나는 영어로 된 노래를 더 많이 하고, 사운드는 좀더 격해졌다. 하지만 35년 동안의 뉴욕생활을 생각한다면 영어 노래와 분위기의 변화는 이상한 일이 아니다. 요즘 한국에 오래 머물면서 한글 작사가 자연스레 되는데, 그것과 마찬가지다.

구태여 한국의 얼, 한국적인 것을 내 음악에 요구하는 것은 무리인 것 같다. 세기가 바뀌었고, 인터넷 혁명은 세계적인 가치관의 글로벌화를 가속시키고 있다. 또한 한국 사람이 창작한 음악에는 '한국의 얼'이라 할 만한 것이 분명 있다. 윤이상 씨가 독일에서 장기 체류하면서도 한국인으로서의 독특한 분위기를 자신의 음악에 불어넣었고, 백남준 씨 역시

AIR FRANCE
Poste
Balzac

오랫동안 뉴욕 소호에서 작품 활동을 했지만, 자신의 어린 시절 고향을 잊을 수 없을 것이다.

L.A 카운티 박물관에서 본 백남준의 작품 중에는 자기 자신을 텔레비전으로 보며 명상하는 부처의 모습이 있었다. 그것은 분명 그가 한국인이니까 가능한 상상력이다. 그리고 정경화 씨나 정명훈 씨, 사라 장 역시 클래식 음악계의 세계적인 대가로서 한국인이란 그 자체만으로 충분하다(나는 '사라 장'을 장영주라고 부르는 것이 못마땅하다. 왜 브랜드 네임을 마음대로 고치는가. 사라 장은 세계적인 브랜드 네임이다. 그의 어머니와 내가 뉴저지에서 일본 사시미를 같이 먹었다. 그의 아버지는 바이올린 연주자이고, 어머니도 작곡가라고 했다. 사라 장 역시 가정에서 나처럼 음악적인 분위기를 피할 수 없었던 것이다. 훈련된 음악가라기보다는 태생적으로 음악의 환경을 타고난 것이다).

그리고 내 노래 〈White Woman〉이라는 제목도 내가 한국인이니까 가능한 것이다. 내가 만약 백인 남자였다면 구태여 'White'라는 호칭을 사용할 필요가 없었을 것이다. 그 기자가 내 음악이 '어렵다'고 했던 이유 중 하나는 영어 가사가 음악을 이해하는 데 장애물이 된다는 것이었다. 이것 또한 신중히 한 번 더 고민해야 할 숙제다.

2차대전 이후 영어가 국제어가 되었다. 프랑스가 그토록 불어를 세계화시키려고 노력했지만(유엔과 올림픽의 공식 언어가 프랑스어이다. 아직도 국제적인 중요 행사 때는 불어가 먼저 나온다) 실질적인 언어의 힘은 영어가 더 세다는 건 누구나 다 아는 사실이다. 이제는 영어가 국제어가 되었고 인터넷의 공용어가 됨으로써 빼도박도 못하는 세계어가 되었다. 지금은 물론이고 미래의 세대에서 세계적인 음악가, 특히 팝이나 록계의 대가가 배출되려면 영어 가사 없이는 성공할 수 없다. 지금의 한국 댄스음악에서 가끔 나오는 'Oh, Baby', 'Oh, Sexy' 정도로는 턱도 없다. 시적이고 아

존 레논 추모식(센트럴 파크, 1980. 12)

히피들의 시위(Be-In)(센트럴 파크, 1968) 중간에 앉아 있는 히피가 대통령에 출마함

름다운 영어 가사를, 세련되고 느낌이 있는 곡에 담아 기왕이면 핸섬하고 이쁘고 노래 잘하는 남녀 가수에게 부르게 해야 세계무대에서 통할 수 있는 것이다.

록 역사 50년을 풍미한 스타들은 주로 영, 미, 아일랜드 계통 아티스트들이다. 그들 모두의 노래가 거의 영어 가사로 되어 있다. 독일계 스콜피언스, 스웨덴계 아바, 아이슬랜드계 비요크, 스페인의 훌리오 이글레시아스 등의 세계를 정복할 수 있었던 것도 모두 영어로 노래했기 때문에 가능한 일이었다(일본 가수 큐 사카모토의 〈스키야키〉 정도가 예외적으로 일본어 노래로 미국 빌보드차트 1위에 오른 적이 있다. 60년대 일이지만, 그 노래는 아직도 리메이크될 정도로 인기가 대단하다. 곡이 너무 감미롭고 훌륭했고, 60년대 말 히피문화의 전성기에 일본과 동양문화에 대한 호기심과 애도의 분위기가 맞물려 있었던 것이다. 심지어 어느 록밴드는 〈Turning Japanese〉라는 노래로 빌보드차트 1위를 차지했다. 또 한 영국 아트록밴드는 팀 이름이 아예 'Japan'이다. 지금 뉴욕에는 일본 스시집이 맥도날드만큼 많을 정도다).

세계적인 히트곡이 대부분 영어 노래인 이유가 몇 가지 있다. 첫째, 언어는 국력과 비례하는 힘을 가진다. 미국이 세계를 제패한 2차대전 이후 영어를 안 쓰면 비즈니스도, 정치도, 학문도 할 수 없다. 자연스럽게 영어가 보편어가 된 것이다. 둘째, 영어 발음이 음계를 부드럽게 그리고 편히 앉는다. 'Oh, Baby' 하면 편안하지만 '내 사랑' 하면 좀 불편하다. 즉 가수가 감정을 잡기에는 영어가 훨씬 편하다.

나는 세계적인 중국 로커 추이 지엥(최건)을 1999년 뉴욕 센트럴파크 공연 때 만났다. 추이 지엥은 최건이란 이름을 싫어하고 한국말도 안한다. 그는 조선족 아버지와 어머니 사이에 태어났지만 한국과 관련시키는 것보다는 거대한 중국의 등을 타고 세계적인 로커로 발돋음하기를 바라

추이지엥(최건), 한대수

한대수, 김도균, 이우창

〈이성의 시대 반역의 시대〉 녹음 장면(뉴욕). 오른쪽이 명기타리스트 다리우스, 왼쪽 두 번째가 명프로듀서 존 롤로

히피들의 시위 Be-In(1968)

는 사람이다. 내가 중국에 가서 '한대수'가 아닌 '한따이슈'로 행세한다면 그것도 무리지 않은가.

추이 지엥은 베이징 필하모닉의 트럼펫 연주자였으므로 클래식 음악의 배경을 지닌 사람이다. 그리고 세계 어느 대륙이나 차이나타운이 없는 곳이 없으므로 그는 매년 월드 투어를 한다. 이 점 하나는 몹시 부럽다. 그리하여 《뉴욕타임즈》는 추이 지엥을 'Only Asian Rock Star'라 부른다. 아티스트의 고유 이름은 그 발음 그대로 존중해야 한다. 어떻게 '프라다'를 '무라딕'이라 부를 수 있으며 '삼성'을 '신젠꾸'로 부를 수 있겠는가. 마찬가지로 아티스트의 이름은 사라 장이든 추이 지엥이든 그대로 존중해 주어야 한다. 나는 중국에 가도 한따이슈가 아니라 한대수다.

추이 지엥은 바우리 밸룸이라는 유명한 다운타운 클럽에서도 공연을 했다. 음악은 강렬했다. 힙합 록이었고, 그의 트럼펫 솔로도 관객들의 마음을 적셨다. 약 500명으로 꽉 찬 클럽은 대부분 중국계 미국인이었지만 약 100명은 미국인이었다. '중국 록의 대가로 불리는 친구의 노래를 한번 들어보자'라는 호기심 때문에 미국인들도 왔지만 다섯 곡의 연주가 끝나고 나니 미국인들은 짜증을 내며 하나둘씩 자리를 떠나기 시작했다. 추이 지엥의 중국어 노래 가사가 문제였다. 이해할 수 없는 언어 때문에 마음과 마음이 연결되지 않았던 것이다.

2002년 서울에서 그를 다시 만났을 때 "추이 지엥, 당신은 계속 월드 투어를 하는데 외국 팬을 위해 영어 가사가 필요하지 않나?"라고 물었더니, 그는 "세계에서 가장 많이 쓰이는 언어는 영어가 아니라 중국어야."라고 대답했다. 중국인 특유의 중화주의와 맞닿는 순간이었다. 물론 중국인의 인구가 세계 인구 5분의 1을 차지하고 있고 중국어도 세계화되고 있으니 추이 지엥의 말이 가까운 미래에는 맞을지도 모르겠다. 하지만

© 김한성수

영어가 세계를 제패하고, 록음악의 중심 언어가 된 지도 50년 이상이 되기 때문에, 중국어가 세계화된다 하더라도 록음악계에서 중국어가 자리를 잡는 데는 많은 시간이 걸릴 것 같다. 세계의 음악팬들은 50년 동안 영어 노래에 길들여져 있었기 때문이다.

왜 나는 음악을 하는가? 다시 본론으로 돌아가자. 내가 2주일 전에 작곡한 〈When I Was A Child〉는 며칠 전 내 마누라 옥사나로부터 영감을 얻었다. 우리 마누라가 만취된 상태에서 자기 부모를 그리워하면서 동시에 원망하는 표정으로 울고 있었다. 옥사나의 부모는 옥사나가 아주 어릴 때 이혼을 했고, 어머니는 3년 전에 돌아가셨다. 옥사나의 모습을 통해 나도 부모 없이 자란 내 자신의 모습을 비추어 볼 수 있었다. 그리하여 자연스럽게 나의 신곡의 후렴부분인 "When I was a child, my father left me all alone, when I was a child, my mother left me all alone"이란 가사가 떠올랐다. 나는 《침묵》이라는 책에서도 어린 시절의 상처에 대해 이야기한 적이 있다.

"당신은 당신의 어린 시절의 제물이다. 당신은 어린 시절의 상처를 절대로 극복하지 못할 것이다."

이 극복할 수 없는 상처가 없었다면 좋았겠지만, 또 그 상처가 없었다면 내 음악도 없었을 것이다. 작곡은 내 마음의 상처의 치유다. 그리고 내 음악이 여러분들의 상처에 치유가 되면 더 이상 바랄 것이 없다. 그래서 나는 작곡을 한다. 마지막으로 2001년 봄에 출간한 《한대수 노래 모음집》에 실었던 글, 그리고 나의 10집 〈상처〉에 실린 글을 인용하면서 '나는 왜 음악을 하는가'에 대한 답을 대신해본다.

저의 음악은 제 자신도 모르는 잠재의식 속에서 꿈틀거리는 괴물입니다. 길을 걷다가, 버스 안에서 속삭이는 여자들의 이야기에서, 좁은 골목길을 올라가며 외치는 상인들의 "항아리 사이소"와 같은 소리에서, 그리고 급변하는 우리 사회의 뉴스에서…. 이 모든 것이 노래의 주제가 되고 음률의 영감이 되어 나타납니다. 이 책에 실린 20여 곡의 노래는 저의 일기장입니다. 제가 20여 년 동안 그렇게 사랑했던 부인이 떠나간 후 눈물로 만들었던 〈나 혼자〉, 방송 출연 금지를 당했던 21살 때 오갈 데가 없어 방황하며 저의 텅빈 마음을 노래한 〈하루아침〉…. 저의 노래에는 사춘기 시절부터 지금에 이르기까지 저의 굴곡 많았던 인생이 함축되어 있습니다. … 여러분들의 길고도 먼 여행길이 힘들고 고통스럽겠지만, 저의 음악이 작게나마 위안이 되었으면 합니다.

전쟁과 죽음으로 악의 길로 걸어가는 우리 인간들의 모습이 슬픕니다. 이 음악이 여러분들의 위로가 되고 흥겨운 가락이 되길 빕니다. 음악이야말로 우리를 고뇌스런 삶에서 해방시켜 줍니다. 물론 순간적으로. 하지만 모든 순간들이 이어지면 영원으로 갈 수 있습니다. 끝으로 저의 고장난 몸을 고쳐주신 신규호 박사님과 세브란스 섹시 나이팅게일들에게 영원히 감사드립니다.

땅콩 베리머치! 여러분 즐기슈! Peace….

circumstances are like a mattress, if you lie on top, you will get a good rest; but if you are under it, you will suffocate

인생의 문제는 침대 매트리스와 같다.
위에 누워있으면 편히 쉴 것이고,
밑에 깔리면 죽을 것이다.

옥사나

"옥사나는 좀 나아져요?" 이 질문은 길거리로 나설 때마다 듣는다. 3부작으로 1시간씩 다큐형식으로 방영되었기 때문이다. 그것도 메이저 TV채널에. 그럴 때마다 나는 "네, 아직도 열심히 치료받고 있습니다."라고 대답한다.

출생

우리 엄마 '아이린'은 모스크바 주립대학 캠퍼스에서 동료들과 파티를 즐기는 도중 '물'이 터졌다. 동료들은 급히 앰뷸런스에 실어 병원으로 달려갔다. 엄마는 자기의 임신 사실을 철저히 비밀로 지켜왔다. 조부모님과 친척들 그리고 친구들은 이 사실을 전혀 몰랐다.

모스크바의 추운 3월, 3월 4일 새벽 네 시에 나는 세상을 향해 '앙' 하고 첫울음을 터뜨렸다. 엄마는 겨우 열아홉 살, 간호사들은 "아이가 아이를 낳았네." 했다. 문제는 예정일보다 두 달 일찍 낳았기에, 세상에 나온 나의 첫 집은 인큐베이터였다.

할머니 '안나'는 이 소식에 너무 쇼크를 받았기에 심장마비를 일으킬 정도였다고 한다.

나의 할아버지 '치멋 부쟈빈'은 몽고 사람으로, 모스크바로 서양건축학을 전공하러 유학 온 학생으로, 토목건축을 전공하는 할머니 '안나 푸카체프'를 바이칼 호수 옆에 캠퍼스를 둔 노보시벌스크대학에서 만났다. 둘은 사랑에 빠져 결혼을 했다.

그이는 23살, 그녀는 21살. 금발의 우크라이나 출신의 '안나'는 유머 감각이 뛰어난 핸섬한 몽고 남자에게 홀딱 반한 것이다. 신혼부부는 곧 할아버지가 건축학 학위를 따기 위해 수도 모스크바대학으로 옮겼다. 때는 1948년, 세계에서 최고의 슈퍼파워로 자랑하는 소비에트공화국에서 학위를 따고 몽고를 근대화하기 위해 정부 장학금으로 보내진 엘리트 학생이었다.

나의 아버지 '알렉산더 알페로바'는 생물학을 전공하는 모스크바대 학생이었다. 엄마가 아버지를 보는 순간, 수염 난 핸섬한 러시아 곰에게

옥사나의 할머니 안나, 할아버지 치멋 부쟈빈, 1947년

홀딱 반했다. 같이 탁구도 치고 손을 잡고 캠퍼스를 산책했다. 떼어 놓을 수가 없었다. 그야말로 찰떡 커플.

밤에는 엄마가 아버지의 남자 기숙사를 몰래 창문으로 기어들어가 밤을 같이 지내기도 했다. 열여덟 살의 몽고 처녀는 사랑의 환희에 몸과 마음을 러시아 큰곰에게 바쳤다.

내가 태어나고 아버지가 아이린 가족에게 청혼하러 갔을 때, 조부모님의 답은 간단했다.

"이 짐승아, 어떻게 우리 어린 딸을 유혹시켜 임신까지 시키다니, 결혼? 생각도 말아라, 당장 나가!"

조부모님은 몽고 상류사회 집안으로 우리 엄마가 외교관과 결혼할 것을 희망하고 있었다. 하지만 인생은 계획대로 되지 않는 것이다. 나의 탄생은 실수였다.

전쟁 후 모스크바의 어린 시절

아버지는 항상 곁에 없었지만 가끔씩 우리집에 와서 식사를 하셨다. 어찌나 많이 먹던지 삶은 계란을 한번에 10개씩 먹고 항상 우리 냉장고를 비우고 갔다.

한번은 자전거를 갖고 싶어 전화했다.

"아빠, 자전거 사 줄 수 있어? 정말 갖고 싶은데."

"그럼. 물론 내가 사 주지. 내일 12시에 갈게."

하지만 아무리 기다려도 아빠는 다음날 오지 않았다. 나는 울었다. 엄마 아이린은 항상 파티에 간다고 바빴다. 모스크바 '사교계의 나비'가 된

셈이다.

아빠 샤샤(애칭)는 전혀 보이지 않는 그림자였기에 삼촌 빅터와 이모 헬렌이 나를 보살펴줬다. 학교에서 하교시키고 집 근처에 있는 모스크바 강가에 산보도 하고, 목욕도 시켜주고 밥도 지어줬다. 모스크바가 세계 제일 부자나라라고 자칭했지만, 우린 항상 음식이 모자랐다.

우리 할머니가 닭을 한 마리 사오면 첫날은 후라이드 해 먹고, 다음날은 우리가 먹다 남은 뼈를 고아서 3일 동안 치킨 수프를 먹어야 했다. 한 번은 냉장고 문을 열어보니 "TRISICA"라고 불리는 생선간이 한 깡통 있었다. 꼭 프랑스 Pate같이 부드럽고 맛이 끝내줬다. 혼자 다 먹었더니 나중에 할머니가 야단을 치셨다.

"그건 내 생일날 먹으려고 아껴 둔 거야! 혼자 다 먹어버리다니!"

옷도 문제였다. 패션이란 생각할 수도 없고 정부에서 배당해 주는 대로 입었다. 어떤 겨울은 전부 다 회색코트를 전 모스크바이트가 다 입는가 하면 어떤 여름은 전부 빨간 티셔츠를 입어야 했다. 젊은이가 좋아하는 블루진은 상상조차 할 수 없었다. 누가 독일에서 한 벌 입고 오면 온 동네가 헌 블루진을 사겠다고 난리였다.

나중에 이태리로 여행을 갔을 때 옷이 너무 풍부해 깜짝 놀랐다. 과연 소비에트연방이 세계에서 최강국인지 의심이 가기 시작했다.

고등학교 3학년 때 나는 쉐르메체보 국제공항에 청소부로 취직했다. 나를 포함한 많은 여학생들이 스튜어디스가 되는 것이 꿈인지라, 일단 공항 바닥을 청소하는 것이 입문하는 것이라고 생각했다.

그런데 어느 날 열심히 청소하는 나를 지켜보며 쫓아오는 청년이 있었다.

"난 이태리 사람이고 이름은 리카도라고 합니다. 당신은 너무나도 아름답습니다. 여기에서 이렇게 청소부로 일한다는 것은 말도 안 되는 Paradox입니다. 저하고 같이 이태리로 갑시다."

그는 곧 초청장을 보냈고 나는 당장 기차를 타고 유고슬라비아를 거쳐서 Modena(이탈리아 북부 에밀리아로마냐 지방 모데나 주의 주도) 이태리에 도착했다(파바로티 고향으로 유명하다). 나는 놀랐다! 사람들의 표정은 너무 밝았고 항상 자유로운 웃음소리는 나를 흥분시켰다. 모스크바의 더러운 그레이 색깔과는 달리 이탈리안들은 패셔너블하고 온갖 밝은 색깔의 옷을 입고 거리를 힘차게 활보하고 다녔다. 시장에 가보니 반짝거리는 온갖 과일과 고기, 야채 그리고 넘쳐흐르는 옷과 물품들, 나는 흥얼거렸다.

"야! 정말 여기야말로 파라다이스(천국)이구나!"

가족의 죽음

할아버지 치멋 부쟈빈은 62세에 세상을 떠났다. 잠자는 사이에 심장마비로. 그로 인해 고정적인 수입도 없어졌지만 집안의 대부의 빈자리를 채워 줄 사람은 아무도 없었다. 할머니는 우리를 먹여 살리기 위해 몽고를 오가며 낙타털과 캐시미어를 사들고 우크라이나와 모스크바를 왕래하며 돈을 벌었다. 나도 베이비시터로 아니면 청소부로 일해서 가족의 수입에 조금이라도 보태주려고 노력했다. 엄마 아이린은 여전히 모스크바 남자들의 유혹에 도취되어 매일같이 파티한다고 징신없었다.

할아버지 치멋은 몽고건축의 대부로 이름을 날리기 시작했다. 수도 울란바토르 중앙에 있는 초이발산 광장, 국회의사당, 예술의 전당, 오페라

하우스, 첫 서양식 호텔 울란바토르 호텔 등 그의 업적은 대단했다.

대단한 업적을 남겼기에 2005년 몽고 정부에서 주는 최고의 훈장 '명예의 훈장'을 하나밖에 남지 않은 손녀, 나에게 수여했다.

남편 한대수는 너무나도 뿌듯해 가슴을 활짝 펴고 크게 웃었다.

"당신만이 대부인 줄 알아? 우리 할배도 당신보다 더 큰 대부야!"

서양의 대문

이태리 여행은 그야말로 나에게 세상을 보는 안목과 많은 경험을 가져다 주었다. 리카도와 결혼에 골인은 안했지만 서양 사회의 자유로움과 자신의 인생을 자신이 지배할 수 있다는 인격의 권리가 무엇인지 나에게 가르쳐 주었다. 엄마는 모스크바대학에서 언어학(Philology) 학위를 딴 후, 푸쉬킨 언어대학에 러시아 어학교수로 외국 학생들을 가르치는 일을 하게 되었다.

파티를 좋아하는 엄마는 항상 학생들을 집에 데려와 저녁식사와 춤, 그리고 뺄 수 없는 보드카를 대접했다. 영국에서 온 학생과 덴마크에서 온 학생이 우리 집 단골손님이 되어, 다음해 두 나라를 방문하게 되었다.

영국 포츠머스(Portsmouth)에 있는 교수의 집을 방문했을 때 놀랐다. 목욕을 하는데 물을 욕탕에 가득 채우고, 아기가 먼저, 다음은 부인, 남편, 그리고 아들. 다 같이 똑같은 물을 쓰는 것이다. 절약정신인지 궁상인건지 나로선 놀라웠다. 물과 전기는 펑펑 쓰는 모스크바 생활에 비해선 너무 가난했다.

덴마크는 달랐다. 여기는 부자나라였고 1989년도에 벌써 '녹색운동'을 하고 있었다. 한번은 내가 Deodorant Spray를 쓰는데 나의 호스트 옌즈는 막 나를 야단쳤다.

"옥사나, 스프레이 절대 쓰지 마! 지구온난화에 치명적인 타격을 준다고!"

덴마크인의 준법정신과 청결한 생활은 나에게 많은 감명을 주었다. 심지어 쓰레기통들도 깨끗이 정돈이 되어 있었다.

보리스의 등장

엄마는 모스크바의 뭇 남성들의 시선과 관심을 한몸에 끌었다. 완전 소피아 로렌이었다. 가는 허리에, D컵 가슴에, 영화배우 얼굴에, 안 넘어가는 남자가 없었다.

하지만 엄마는 보리스 뮌쉔이란 청년에게 끌렸다. 보리스는 의과대학생으로 핸섬하고 유머 감각도 뛰어난데다 지적인 청년이었다. 그리고 그들이 사랑한 보드카.(러시아 말로는 '보다'가 물이란 뜻이다) 러시아 속담에 "보드카를 가져오는 사람은 나의 진정한 친구다."라는 말이 있다. 술 파티는 심하게 했지만 일은 심하지 않게 했다. 러시아 사람들의 일하는 태도가 '대충'이었다. 아파트를 비롯해서 전기 · 가스 · 전화 사용이 모두 공짜이다. 그래서 열심히 일할 필요가 없었다.

보리스와 나 또한 가까워졌다. 아버지의 빈자리를 보리스는 충분히 메워주었다. 10대의 방황의 시간에 종교의식과 성시를 가르쳐 주었고, 선과 악을 구별할 수 있는 인간의 '7대 악(7 Deadly Sins)'에 대해서도 설명을 해 주었다. 무엇보다 서양 민주주의에 대한 관념을 부여시켜 주었다.

나의 이런 생각 때문에 나는 학교에서 반 소비에트사상으로 몰려, 어머니가 교장선생님께 훈계를 받기도 했다. 젊은이가 공화국에서 성공하는 첫걸음이 '코스모렛'이 되는 것인데 나는 가입할 수 없는 자격미달이란 꼬리표가 붙었다. 즉 공산단원의 멤버가 되는 첫 단추를 끼지 못한 것이기에, 이 사회에서 큰 성공을 거둔다는 것은 꿈도 못 꾸는 일이었다.

선생님은 러시아는 지상의 천국이라며 아파트, 병원, 교육 등 인간의 존엄성을 가지게 하는 중요한 요소들이 공짜라고 자랑스럽게 이야기했다. 그리고 서양은 부자는 좋지만 대다수의 가난한 서민층은 집도 없고 밥도 없이 길거리에 버려져 있다고 말했다. 이 말을 듣고 나는 선생님께 물었다.

"하지만 선생님, 서양은 봉급도 훨씬 많이 받고 공짜는 아니지만 보험과 대출이 있어서 대학교도 원하는 과를 선택할 수 있고, 병원도 시설이 잘 되어 있지 않습니까? 뿐만 아니라 전 세계를 자유롭게 여행할 수 있지 않습니까?"

이 말을 들은 선생님은 눈을 크게 뜨고 또다시 어머니를 학교로 불러들였다.

보리스와 엄마는 40년간의 러브스토리를 이어갔다. 어머니가 52세 때 돌아가신 2002년까지. 오늘날까지 나는 보리스와 자주 전화한다. 독일에서 의사로 일하는 그는 나의 인생의 빛이며, 아버지며, 목사님이시며, 그리고 나의 위대한 친구이다.

술과 마약과 관련된 더 상세한 이야기는
모스크바, 뉴욕 사회의 유명인들의 프라이버시 문제도 있고
양호에게도 부끄러울 것 같아 옥사나는 더이상 밝히지 않겠다고 했다.

다들 아내의 나라로 갑시다 – 러시아

20년 동안 함께 생활한 아내와 이혼하고 4년 동안 독신생활을 한 후, 지금의 아내를 만났다. 매력적인 몸매와 호탕한 웃음의 여인, 옥사나 알페로바. 이 스물두 살의 몽골계 러시아 여인에게 나는 한눈에 반해 매일 온 뉴욕을 누비며 데이트를 한 후, 석 달 만에 프러포즈를 하고 결혼을 했다. 사막을 헤매는 예수와 같았던 나의 고독한 생활은 역사가 됐고, 노르웨이의 아이스버그 같은 내 영혼은 아름다운 젊은 여인의 가슴에 파묻혀 녹아버렸다.

우리는 신혼여행 길로 모스크바를 택했다. 옥사나 가족에게 인사를 드려야 한다는 것이 첫 번째 이유였다. 두 번째 이유는 내게 있었다. 교과서에서나 읽었던 '철의 장막'의 나라에 가보고 싶었다. 공산주의 국가는 가본 적이 없었고, 특히 모스크바는 늘 궁금하고 신기한 미지의 도시였다. 이 짧은 인생, 나는 또 한 번 새로운 곳으로의 도전을 하고 싶었다.

하지만 한국계 미국인인 내가 비자를 받는 것은 쉽지 않았다. 패키지 투어 대열에 끼는 것은 가능했으나, 개인이 모스크바로 가려면 특별 초청이 있거나 소비에트 연방(그때만 해도 그 땅은 러시아가 아니었다)에 이익을 챙겨줄 수 있는 비즈니스맨임을 증명해야 했다. 아, 절벽 끝에 서면 여자들이 더 용감해진다.

"러시아는 돈만 있으면 불가능한 일이 없어요. 내가 비자를 받게 해 줄게요."

옥사나는 나를 투자를 위해 러시아 화학회사의 성장 가능성을 리서치하러 가는 재미 사업가로 변신시켰다. 1991년 소비에트 연방이 해체될 무렵이었다.

모스크바 지하철

우리는 옥사나 가족을 위해 통조림과 옷, 양말, 담요 등을 넉넉히 준비했다(공항에 나섰을 때 우리 손에는 여덟 개가 되는 빅 사이즈의 가방이 들려 있었다). 옥사나 어머니가 부탁한 미국 보드카도 네 병 챙겼다. 러시아 항공의 '에어로플로트(Aerofloat)' 비행기는 미국 보잉기에 비해 객실이 좁은 편이었지만, 소음만은 훨씬 컸다. 엄청난 소음 속에서 나는 속으로 외쳤다.

'야호! 드디어 미지의 나라로 가는구나!'

모스크바 셰리메티예보 공항은 완전한 카오스였다. 사방에서 짐꾼들이 달려들었고, 안내원도 없었다. 공항에서 옥사나의 어머니, 할머니 그리고 가족들을 만나서, 5년 전에는 폐차해야 했을 듯한 차를 타고 모스크바 시내를 달렸다. 차 안에서 바라본 시가지는 남루한 그레이 컬러였다. '덜컹!' 하고, 마치 교통사고가 났을 때처럼 큰 소리를 내는 엘리베이터를 내리니, 드디어 옥사나의 집. 안으로 들어서니 러시아 냄새가 물씬 풍겼다. 할머니 바부시카가 끓이고 있는 볼쉬 수프 냄새였다. 옥사나 삼촌은 보드카 병을 들고 "나스트로비야!" 하고 고함을 지르며 건배를 권한다. 술, 특히 보드카는 러시아 사람들의 종교다. 스탈린 때부터 억눌린 국민들의 탈출구는 술뿐이었던 것이다. 수많은 보드카 술잔이 돌고, 수많은 '나스트로비야!' 끝에 잠이 들었다.

아침에 일어나자마자 러시아 미술을 보고 싶어 트레티야코프스키 박물관으로 향했다. 화려하고 거창했다. 하지만 35년 동안 뉴요커로 살아온 내겐 대수롭지 않은 화려함이었다. "뉴욕을 떠나면 모든 것이 촌스럽게 보인다"라는 말이 있지 않은가. 하지만 러시아 작품들은 뉴욕에는 없는 멋이 있었다. 뭔가 진한 느낌이었다. 막스 에른스트와 에드바르트 뭉크, 프란시스 베이컨 같은 파격적인 작가의 작품을 좋아하는 내게도 큰 충격을 줄 만큼 진한 아우라(Aura)가 있었다. 예를 들어, 하얀 눈밭에서 향을 흔드는 신부가 서 있는 장면을 그린 작품이 있었는데, 가까이 다가가서 살펴보니 눈밭은 눈감은 전사들의 시체였다.

상점들과 젊은이와 관광객들로 붐비는 아르바트 거리로 나서니, 러시아 공예품들이 즐비했다. 특히 유명한 마트료시카 인형들은 더없이 섬세했다. 화려한 색의 칠보 조각이 새겨져 있는 마트료시카를 보고 있자니 그 다채로운 색감이 일본의 영향인 것인지, 아니면 러시아에서 일본으로 건너간 것인지 궁금해졌다.

아르바트 거리에는 낙서로 가득한 긴 벽이 있다. 벽 아래는 촛불과 열린 담뱃갑, 그리고 아주 잘생긴 동양계 러시안 남자의 사진이 있었다. 이 벽은 전설적인 고려계 러시아 가수 '빅토르 초이'를 위한 '추모의 벽'이었다. 빅토르 초이는 러시아 젊은이들에게 많은 사랑을 받은 싱어송라이터로 혼돈을 겪고 있던 젊은 세대에게 큰 위로가 되고 있었다. 그는 스물여덟 살의 나이에 의문의 교통사고로 죽었다. 권력자들을 직접 겨냥해 비수를 찌르는 그의 노래를 권력자들이 좋아할 리가 없었다.

긴 아르바트 거리를 지나 왼쪽으로 돌면 악명 높은 '붉은 광장'이 나온다. 그리고 광장과 더불어 양파처럼 생긴 돔 지붕의 교회를 볼 수 있고, 교회 오른쪽에는 높은 벽돌담이 크레믈린을 은밀하게 감싸고 있다. 이 모든 광경이 웅대하지만, 무엇보다도 꼭 봐야 할 장소는 광장 중앙에 위치한 레닌 기념관이다. 언제나 긴 줄이 늘어서 있어 들어가려면 한 시간 이상 기다려야 하지만, 기다릴 가치는 충분했다. 그곳에 미이라가 된 레닌의 육신이 검은 대리석 위에 장엄하게 누워 있다.

기념관 입구의 군 위장대의 분위기가 관광객들을 지레 엄숙하고 조용하게 한다. 마치 천당의 대문에서 하나님을 면회하는 기분이 들었다. 레닌의 육신을 대했을 때 든 첫 번째 생각은 '참 키가 작다'였다. 그리고 다음 순간 그가 안쓰러웠다. 어찌 죽은 육신마저 고향땅을 찾지 못하고 저리 고통스럽게 헤매고 있을까? 못 생긴 얼굴에 지저분한 수염, 오렌지빛 조명을 받고 있는 레닌의 얼굴을 보니, 꼭 '꼬마 악마' 같았다. 그는 얼마나 많은 동지들과 국민들을 죽였는가? 공산혁명을 위하여, 프롤레타리아의 꿈을 위하여.

모스크바는 불편하고 불균형하게 비싼 도시다. 내가 커피를 마시러 간 인투어리스트 호텔 로비는 늘씬한 10대 창녀들로 들끓었고, 이태리 양복을 입고 뒤에서 음산하게 지켜보는 마피아 패거리도 있었다. 하지만 모든 불편함을 인정하고 인내하면, 모스크바의 진주를 발견할 수 있다. 푸시킨 박물관의 러시아 예술, 볼쇼이 극장, 러시아인들의 유머 감각(그들은 어떤 비극에도 끝내 굴복하지 않았다), 끊임없는 보드카 파티, 그리고 예술에 대한 사랑과 열정.

모스크바에서 기차로 약 8시간 정도 가면 '동쪽의 파리'로 불리는 상트페테르부르크에 도착한다. 표트르 황제가 워낙 프랑스 문화를 동경해, 이 도시를 파리보다 더 화려하고 웅장하게 건설했다고 한다. 당시 러시아 귀족사회에서는 불어로 대화하지 않으면 '촌놈'으로 불릴 정도였다고 한다. 상트페테르부르크하면 에르미타쥬 국립박물관을 빼놓을 수 없다. 루브르 박물관, 대영 박물관과 함께 세계 3대 박물관으로 꼽히는 이곳은 이탈이라 건축가 프란체스코 라스트렐리가 18세기, 카트린 여제의 명을 받아 지은 것이다. 파리의 루브르 박물관보다 더 규모가 크고 더 화려하다. 약 300만 점에 달하는 회화, 조각 작품들을 보유하고 있다.

입구에 들어서자마자 구두를 벗고, 두꺼운 담요로 만든 실내화를 신어야 했다. 나는 당황스러워서 이유를 물었다. 그래야 박물관 마루바닥이 상하지 않고, 동시에 왁스로 칠해진 바닥에 광택을 낼 수 있다고 했다. 너무 재미있어서 웃을 수밖에 없었다. 담요로 만든 신발을 신고 걷자니 꼭 만화 주인공이 된 것 같아 기분이 좋았다.

에르미타쥬에서는 루브르나 뉴욕 모마에서도 보지 못한 고갱과 고흐의 걸작을 접할 수 있었다. 알고 보니 19세기 후기의 러시아 후작들이 파리의 인상파 화가들을 너무도 사랑해, 수많은 대작들을 헐값으로 사들였다고 한다. 나는 "러시아의 몰락을 막으려면 이런 작품 세 개만 팔아도 될 걸?" 하며 웃었다(당시 고갱과 고흐의 그림은 소더비경매장에서 약 1,000만 달러 정도에 팔렸다). 카트린 여제의 마차도 전시돼 있었는데, 마차 전체가 금으로 돼 있었다. 심지어 발통까지.

다시 기차를 타고 짜르의 여름 궁전으로 갔다. 기차 안에서 나는 또 한 번 깜짝 놀랐다. 기차는 사람들도 꽉 차 있었는데, 지붕에서 비가 새고 있었다. 빗물이 사람들의 머리에 떨어졌다. 더욱 놀라운 것은 대부분의 사람들이 태연하게 앉아 있는 광경이었다. 경쟁이 없는 공산주의 체제에서 살면서 사람들은 정부가 주는 대로 불평없이 받아들이는 데 익숙한 듯 보였다. 여름 궁전은 과연 화려했다. 핀란드를 연결하는 호수를 배경으로 거대한 덩어리의 건축물이 서 있었는데, 이 건축물은 온통 금과 대리석으로 치장돼 있었다. 금과 화려한 타일, 샹들리에로 장식된 궁전은 숨막힐 정도로 웅장했다.

상트페테르부르크에는 또 하나 특별한 박물관이 있었다. 이 박물관은 기형아로 태어난 태아를 수세기 동안 보관해서 전시해 놓았다. 끔찍하고 소름끼쳤지만, 애초의 뜻은 나쁘지 않았던 것 같다. 기형아 박물관을 만들라고 명령한 표트르 황제는 비정상적인 임신을 연구하여 해답을 찾고자 했다니 말이다. 틀림없이 이런 박물관은 세상에 여기 하나뿐일 것이다. 내가 꼭 가보고 싶었던 곳은 레닌의 형인 알렉산더 울리아노트가 투옥됐던 감옥이었다. 울리아노트는 짜르를 암살하려 하다가 실패해서 패트로 파브로스카야라고 불리는 감옥에서 사형을 당했다. 형이 짜르에 의해 사형을 당했다는 사실은 아무리 레닌이라고 해도 앙심을 품게 하기에 충분했으리라.

결국 짜르 가족은 레닌에 의해 사형을 당했다. 이 역사적 감옥에, 그 방에 앉아 있고 싶었다. 안내원에게 물으니 다행이 5달러를 주면 직접 그 방으로 안내해 주겠다고 했다. 그래서 나는 울리아노트가 눕고 앉았던 침대 위에 앉아도 보고 사진도 찍었다. 비극적인 그림자가 그 좁은 방을 감싸고 있는 듯 보였다.

지금 러시아는 그때와는 많이 달라졌다고 들었다. 좀더 쉽게 여행할 수 있는 시스템도 생겼다. 하지만 여전히 카오스인 모양이다. 옥사나는 작년에 모스크바를 방문한 후 "아직도 위험하고 마약과 매춘이 들끓는 사회"라고 호들갑을 떨었다. 물가도 관광객에게는 호의적이라고 볼 수 없다. 때때로 뉴욕이나 도쿄보다도 비쌌다. 하지만 내 신혼여행은 특별했고, 최고의 경험이었다.

끝없는 초원으로의 시간여행 – 몽골

저녁 비행기를 타고 보얀트 오하 울란바토르 공항에 내리는 순간 7년 전 처음 이 나라를 방문했을 때가 생각나면서 감회가 새로웠다. 이곳은 국제공항이라기보다는 우리나라 시골 버스터미널 정도의 규모이다. 짐을 찾아 밖으로 나서니 마중 나온 200여 명의 사람들이 승객들을 큰 눈으로 지켜본다. 항상 싱거운 내가 “쌈바이누!(안녕, 오래간만이야)” 하고 웃으면서 고함을 지르니 여기저기서 폭소가 터져나온다.

그때나 지금이나 몽골의 매력은 다른 어떤 나라와도 비교할 수 없는 ‘대자연’이다. 끝없는 초원의 대지, 그리고 말로 표현할 수 없는 푸른 하늘, 르네 마그리트의 그림을 추상이 아닌 실제로 체험할 수 있는 나라다. 그래서 몽골의 캐치프레이즈가 ‘푸른 하늘의 땅(Land of Blue-Skies)’이다.

나는 수도 울란바토르를 가능한 빨리 빠져나와 드넓은 대지를 보고 싶었다. 그리고 다음날 아침, 고비사막으로 향했다. 고비는 동양 최대의 사막으로 널리 알려진 곳으로, 오래 전부터 꼭 가보리라 마음먹고 있었다. 울란바토르에서 비행기로는 1시간 반, 자동차로는 6시간이 걸린다. 물론 나는 차를 택했다. 인생은 언제나 목적 없이 걸어가는 여정이므로.

남쪽에 위치한 고비 고속도로에는 여기저기 울퉁불퉁한 아스팔트 구덩이가 있었다. 고속도로의 3분의 2가 그런 구덩이들의 연속이었다. 그 구멍들을 피해가느라 무척 애를 먹었다. 놀이공원의 롤러코스터를 타는 기분이었다. 하지만 나머지 3분의 1은 독일의 아우토반과 비슷해서 시속 140킬로미터로 달릴 수 있었다. 아스팔트 구멍은 기온 차이 때문에 어쩔

ЭХА

수 없이 생기는 것이다. 여름에는 영상 40도까지 올라가고, 겨울에는 영하 40도까지 기온이 떨어지는 곳이 몽골이다. 하루 평균 일교차도 보통 20도라고 한다.

(고비는 주로 풀과 돌로 이루어져 있고, 모래는 사실 3퍼센트 정도밖에 안 된다. 그리고 수많은 짐승들이 산다. '타키'라고 불리는 말과 '박트리안'이라고 불리는 쌍봉낙타, '쿨란'이라고 불리는 당나귀, '사이가'라고 불리는 노루, 심지어 세계에서 유일하게 사막에서 사는 고비곰도 있다.)

자동차와 운전사는 우리 돈 10만 원과 기름값만 주면 얼마든지 구할 수 있었다. 나는 운전기사 '보디'와 부관 '뭉크'와 같이 몽골의 대지를 질주했다. 옆에는 수많은 양 떼와 소 떼, 그리고 가끔씩 보이는 낙타 가족과 푸른 초원을 아름답게 수놓은 둥굴고 하얀 게르(천막집) 마을이 펼쳐졌다. 운전대를 잡은 보디가 자동차 스테레오로 몽골 전통음악과 러시아 팝송을 번갈아 틀어 주었고, 음악을 들으며 우리는 꿈같은 시간을 보냈다. 뭉게구름이 새하얗게 떠있는 푸른 하늘의 풍경 속으로 우리는 달렸다. 예술이었다.

고속도로를 하루 종일 달려 도착한 곳은 고비 입구에 위치한 알타이 캠프 게르 호텔이다. 약 서른 개의 크고 작은 게르들이 나란히 이쁘게 고비의 베이지색 사구(모래언덕)를 감싸고 있다. 여행을 무사히 끝낸 기념으로 보드카 한 잔을 들어 하늘 위 신에게 감사를 표하고, 또 한 잔은 땅에게, 그리고 또 한 잔은 바람에게 뿌린다. 그리고 우리도 한 잔씩 들이켰다. 야, 맛 좋다. 양고기를 소금에 씩어 먹는 몽골의 전통요리는 하이얏트 호텔의 고급 뷔페요리보다 더 감미로웠다. 노을이 지는 하늘을 가만히 바라보니 온갖 빛의 색깔이 내 눈앞에서 춤을 춘다. 때로는 보라

빛, 때로는 핑크, 때로는 푸르게. 자연의 영화가 시나리오도 없이 전개된다. 고맙다! 내가 아직도 살아 있다니.

게르가 원형(圓形)인 이유가 몇 가지 있다. 첫째로 바람이 심한 나라이기 때문에 텐트가 서양식으로 각이 져 있을 경우, 바람에 날려 넘어질 수 있다. 원형의 게르이기 때문에 바람은 지붕을 포옹하며 스쳐간다. 둘째로 게르 안에 앉은 식구들이 어떤 위치에 있어도 마주보고 대화를 나눌 수 있다. 마지막으로 원은 아름다움의 상징이요, 세상 만물의 원형(原型)이다. 지구도, 해와 달도 둥글다. 우리가 세상에 태어날 때도 어머니의 자궁이라 불리는 원에서 시작하여 원으로 돌아가고 싶어한다.

미국 농담 중에 "9개월 동안 악을 쓰며 나오려고 하다가 한평생 악을 써서 다시 돌아가고 싶은 곳, 그곳이 바로 어머니의 뱃속이다"라는 말이 있다. 성적 갈망은 단순히 예쁜 여자에 대한 순간적 충동일 뿐 아니라 궁극적으로 어머니의 자궁으로 회귀하려는 욕망이다.

게르 내부의 시설은 아주 편안했다. 중앙에는 차를 끓이고 밥을 짓고, 난방 기능을 하는 난로가 있다. 게르의 크기에 따라 침대 두 대가 들어갈 수도 있고 여섯 개가 들어갈 수도 있다. 편안한 탁자와 의자들이 놓여 있다. 그리고 외국인을 상대하는 캠프에는 뜨거운 물이 나오는 샤워 시설도 갖춰져 있다. 평균적으로 하룻밤 지내는 데 몽골인은 1만 투그릭, 외국인은 1만 5,000투그릭이 든다. 1달러가 1,100투그릭이니 우리 돈으로 1만원, 1만5,000원 정도이다. 이 정도면 훌륭한 게르 생활을 경험할 수 있다.

밤하늘의 아름다움을 경험하려거든 정말 몽골로 가야한다. 밝은 달빛 아래 수많은 별들이 수를 놓은 듯 펼쳐져 있다. 그 아래서 술잔을 기울

이면 과연 내가 누군가 싶어진다. 나는 이 거대한 자연 속에서 아무것도 아니구나…. 나는 그저 이 드넓은 우주를 짧게 스쳐 지나가는 별똥별에 불과하구나….

아침에 일어나 양 떼를 모는 몽골의 어린아이들을 보면서 푸른 초원에 앉아 커피를 마시니 갑자기 강남에 계시는 우리 어머니 생각이 났다. 어머니는 지금도 병석에 누워 나를 위해 기도하고 계시겠지. 그리고 롱아일랜드에 있는 아버지는 잘 계시는지…. 아직도 자신의 과거의 창살에 갇혀 고민하고 있겠지. 나는 아직도 한때 17년 동안 행방불명되었던 아버지의 과거를 알지 못한다.

서울이나 뉴욕에선 계약서니 공연이니, 마누라 뒷바라지니, 임대료니 고민고민하느라 바빴지만, 이제 나의 두뇌는 텅 비었다. 아무런 생각도 없이 그저 바람과 함께 초원을 걷는다. 그리고 말을 타고 끝이 안 보이는 광야를 달리니 내 몸과 마음이 다시 태어난 기분이다. 여태 이런 풍경을 보지도 못하고 "광야는 넓어요, 하늘은 또 푸러요"를 외쳤는지, 부끄러웠다.

울란바토르에 다시 돌아와 맥주를 마시고 싶어 정통 독일맥줏집 '칭기스 비어홀'로 갔다. 맥줏집은 넓직했고 세련된 유럽식의 인테리어가 돋보였다. 유럽에서도 흔히 볼 수 있는 맥줏집이었는데, 이곳도 무척 문명화된 셈이다. 게르와는 달리 이 맥줏집에서는 돈 냄새가 풀풀 났다. 젊고 패셔너블한 여피들이 가득 모여 대화의 꽃을 피우고 있었다.

몽골의 울란바토르가 아니라 독일 뮌헨의 비어홀에 온 기분이었다. 알고 보니 이 맥줏집은 약 50년 전에 독일과 조인트 벤처로 시작한 곳이며, 정통적인 독일 맥주 제조법을 이어왔다. 테이블과 의자도 다크브라운의 낡은 나무로 만들어졌다. 옆방에는 스테인리스 스틸로 만든 거대한 맥주숙성탱크가 나란히 서 있어 맥줏집의 분위기를 한층 돋우었다.

7년 전에 몽골에 갔을 때는 가라오케가 두 군데뿐이었다. 지금은 100여 개가 넘는다고 한다. 물론 주요 손님들은 일본과 한국 관광객이다. 아예 광고전단이 일본어와 한국어로 되어 있다. 일본 관광객이 가장 많고 도쿄와 오사카에서 직통 비행기가 일주일에 세 번이나 오간다. 손님들을 몽골의 가라오케로 유혹하는 선전 문구가 재미있다. '최고의 미녀'를 갖추고 있다든지, '전문 스트립쇼'를 보여준다든지, '3명 이상 손님이 오시면 15퍼센트 할인'을 한다든지. 몽골과 중국의 가라오케는 단순히 우리나라와 같은 노래방이 아니다. 노래방 플러스 룸살롱이라고 보면 된다.

몽골에서 꼭 경험해야 할 예식 중 하나는 '허르헉'이라고 불리는 전통 양고기 만찬이다. 양을 바로 그 자리에서 잡아서 가죽을 벗기고, 돌을 내장에 넣어 약 2시간 동안 찌는 요리법인데 보드카, 특히 칭기즈칸 보드카와 같이 먹으면 예술이 따로 없다. 참고로 칭기즈칸 보드카는 세계적으로도 유명하다. 보드카가 국민술인 러시아 사람들에겐 '칭기즈칸 보드카 한 병만 있으면 마누라까지 내준다'라는 우스갯소리가 있을 정도로 각광을 받는 술이다.

양고기에서 인기 있는 부분은 내장과 심장이지만, 사실 가장 맛있게 즐겨먹는 고기는 머리 부분이다. 특히 '골(뇌)'과 '눈알'은 미식가들을 유혹하는 맛의 보물이다. 맛이 담백하고 고소하다. 실제로 눈알을 먹으면 사람의 시력이 좋아진다고 한다. 몽골인들은 안경을 쓴 사람이 거의 없을 정도다. 80대 노인들도 안경 없이 책을 읽는다.

옥사나의 고모할머니는 여든네 살이신데도 안경 없이 신문을 읽는다.

내 개인적인 생각에 몽골인들의 시력이 좋은 이유는 끝없이 펼쳐진 푸른 초원을 보는 것, 그리고 거센 모래바람에 적응하기 위해 눈이 가늘게 찢어져 있기 때문이 아닌가 싶다. 물론 나의 비과학적인 생각이긴 하지만.

어쨌든 중간 사이즈 양 한 마리를 잡으면 열다섯 명은 포식할 수 있다. 보통 결혼식 같은 큰 행사에는 큰 양 두 마리면 충분하다. '허르헉' 만찬을 시작하기 전에 꼭 해야 할 예식이 있다. 호스트가 각 손님에게 내장에 넣어두었던 돌을 하나씩 쥐어 주다. 그러면 손님들은 뜨거운 돌을 왼손, 오른손으로 번갈아 만진다. 뜨거운 돌이 손바닥을 자극해서 기관지가 좋아진다고 한다.

울란바토르에서 차로 40분쯤 밖으로 나가면 대자연의 풍경이 펼쳐진다. 서로 몸을 기대고 있는 망아지와 어미의 모습을 곳곳에서 볼 수 있다. 너무 더울 땐 말들이 서로의 체온으로 몸을 식히는 것이다. 양 떼를 쫓고 있는 어린아이들, 게르 굴뚝에 모락모락 피어오르는 밥 짓는 연기, 그리고 끝없이 펼쳐지는 푸른 초원과 아름다운 산천. 우리는 약 40분 거리에 있는 '테렐지 길르마을'에서 말을 타며 휴식을 취했다. '테렐지' 국립공원은 미국 캘리포니아의 요세미티 국립공원을 능가할 정도로 아름답다. 특히 돌산은 바람이 조각해낸 훌륭한 자연의 예술작품으로 형용할 수 없이 우아한 자태를 뽐낸다.

국제공항에서 15분만 가면 또 다른 훌륭한 캠프를 볼 수 있다. '보얀트오하' 캠프는 꽤 명성이 있다. 특히 이곳의 게르는 내부가 굉장히 넓어 일곱 명의 인원도 편안하게 지낼 수 있고 목욕탕, 화장실 시설도 각 방마다 따로 되어 있다. 우리가 간 날, 그러니까 2005년 6월 22일에는 대통령 취임식이 있었는데 전 대통령과 신임 대통령(잉크 바엘)을 위한 만찬회가 한창이었다. 재미있었던 일로는 대통령은 메르세데스 벤츠를 탔지만 경호차 10대는 모두 우리나라의 현대 쏘나타였다는 점이다.

이곳에서 옥사나의 친척인 외무부장관 '엘덴 출룬'도 만나 맥주잔을 기울이며 현 미국정책의 위험성에 대해서 이야기했다. 새로 당선된 신임 대통령은 공산당 출신으로 민주당 출신의 국무총리 엘베도치와 충돌이 예상된다. 또다시 공산당이 정권을 잡았다는 것은 러시아 국민들의 푸틴 대통령에 대한 지지와 맞아떨어지는 정치적 흐름으로 생각할 수 있다. 너무나 빨리 자본주의 시스템을 받아들이는 과정에서 나타난 구조적 모순에 국민들이 불안감을 표현한 것이다.

밤이 되어 몽골 민속예술의 아름다운 공연을 보며 전통음악인 '쿠미(목청을 두 갈래로 노래하는 창법)'와 전통춤에 매료되었다. 특히 '컨토셔니스트(Contortionist, 몸을 고무처럼 자유자재로 구부리는 곡예사)'라고 불리는 어린 소녀들의 몸동작은 모든 관객들로부터 감탄을 자아냈다. 팔과 다리, 사지를 마치 고무처럼 비틀고 꼬는 그들의 동작은 경이로웠다. 심지어 머리가 거꾸로 허벅지 사이로 들어가는 묘기도 보여주었다.

그들의 몸짓은 상상을 뛰어넘는 초인간적인 동작들이었다. 몸 비틀기는 몽골의 민속예술로 소녀들이 일곱 살 때부터 훈련을 받아, 열네 살에서 스물다섯 살 사이에 최고의 경지에 도달한다. 그리고 2001년 올림픽 펜싱경기장에서 있었던 내 솔로 콘서트에 참여했던 쿠미 가수 바트자갈과 비암바자르갈을 만나 지난날의 추억을 나눴다. 이 두 사람은 현재 자랑스럽게도 투멘이크(Tumen Ekh)라는 몽골을 대표하는 음악인으로 전 세계를 투어하는 최고의 쿠미 가수가 되었다.

전에는 그렇지 않았는데, 요즘 몽골에서는 한국인에 대한 이미지가 그리 좋지 않았다. 옥사나의 사촌이자 울란바토르 시청 최고의전관인 오르길에 의하면, 한국의 모 기업체가 울란바토르와 주위 도시를 연결하는 대형 터널공사를 계약 착수했는데 은행에서 융자만 받고, 다른 사업에 유용한 사건이 있었다고 한다.

또한 한국 사진작가들이 몽골의 저임금을 활용해 포르노 사진을 찍다 발각되어 언론에 논란을 불러일으킨 적도 있었다고 한다. 한 작가는 현재 3개월째 감금돼 있는 상태다. 나도 한국인인지라 그런 의심을 받을 뻔했다. 내가 여러 대의 카메라를 소지했다는 이유로 검색을 당했다. 무슨 목적이냐? 어디를 가느냐? 아마추어냐 프로냐 등의 질문을 해댔다. 다행히 나의 사진집 《작은 평화》를 보여주며 관계자들을 안심시켰다.

옥사나의 할아버지 치멋 부쟈빈은 몽골건축의 아버지이다. 서양에서 교육받은 첫 번째 몽골건축가인 그는, 몽골의 레닌과 스탈린 격인 몽골 공산혁명 열사 수헤바탈과 초이발산의 기념묘역과 광장, 최초의 서양식 호텔인 울란바토르 호텔, 국회의사당, 국립극장 등 여러 공공건물을 설계했다.

그리하여 우리의 방문에 맞춰 정부건축가협회장이 옥사나에게 할아버지를 대신해 공로상을 수여했다. 감명깊은 순간이었다. 옥사나는 눈물을 글썽였다. 나 역시 그녀의 할아버지의 초상을 보며 '생전에 만났으면 얼마나 많은 대화를 나눴을까' 상상해 보았다. 뉴욕의 건축 이야기뿐만 아니라 시카고와 파리의 건축예술에 대해서도 열정적으로 토론했을 것이다. 고인의 명복을 빌기 위해 '알탄울기'라는 애국자 묘역을 찾아갔다. 꽃을 파는 가게를 찾는 것이 쉬운 일이 아니었다. 겨우 작은 꽃집 하나

를 찾고 보니 장미 스무 송이만 있었다. 건조한 초원의 나라에 꽃은 너무나 귀했다.

몽골도 중국이나 다른 소비에트 위성국가와 마찬가지로 1991년부터 자유시장경제를 채택하면서 사회가 급변하고 있다. 7년 전에는 일본이 기증한 '히노' 버스가 주를 이뤘는데 지금은 '볼보' 버스도 눈에 띈다. 그때만 해도 현대 갤로퍼가 최고 인기차였는데 이제는 토요타도 많고, 메르세데스 벤츠도 가끔 눈에 띈다. 하지만 현대차가 제일 많다. 독일 맥줏집에서 여유롭게 데이트하는 여피들의 모습을 보니 몽골인들도 이제 '화폐맛'에 중독되기 시작한 모양이다.

울란바토르의 교통질서는 한 마디로 '엉망'이다. 주로 이 나라 저 나라에서 중고차를 수입해서인지 핸들이 영국식으로 왼쪽에 달린 차도 있고, 우리나라처럼 오른쪽에 달린 차도 있다. 아직 교통체계가 제대로 갖춰지지 않은 과도기인 것 같다. 말을 타던 유목민족이 차를 운전하게 되니, 질서라는 낱말은 사전에 없는 것처럼 보였다. 보행자의 무질서는 베이징보다 한 수 위였다. 그래서 나는 그들에게 '가미카제 보행자'라는 이름을 붙였다. 그들은 차가 바로 앞으로 돌진해 와도 아무 일 없는 듯 유유히 가던 길을 걸어간다.

몽골은 야채를 빼고는 먹을거리가 비교적 풍부하다. 양고기, 말고기, 쇠고기, 염소고기 등 고기류는 너무나 흔하다. 인구는 250만 명에 가축이 사람의 10배에 달하기 때문이다. 음식은 매우 짜다. 영토 안에 호수는 있지만 바다가 없기 때문에 소금이 사치품처럼 취급돼 무조건 많이 넣으면 좋은 줄 안다. 미국인 수준은 아니지만 뚱뚱한 사람들도 자주 보였다. 육식과 짠 음식의 결과다.

몽골 여자들은 다른 동양문화권에 비해 상당한 권리를 지녔다. 뿐만 아니라 대학 진학률도 여자가 70퍼센트로 남자의 평균 30퍼센트에 비해 훨씬 높다. 여자가 가장 노릇을 하는 경우가 흔하고, 남편보다 직위가 높은 경우도 많다. 비교적 남자가 시간 여유가 많으므로 술을 즐겨 마신다. 몽골은 약 70년간 소비에트 위성국가였기 때문에 보드카 맛에 길들여져 알코올 중독 문제가 사회적으로 큰 골칫거리라고 했다.

독수리가 하늘 위로 치솟고, 말과 양 떼가 끝없는 초원 위에서 뛰노는 것을 보며 나는 오르길에게 말했다.

"몽골의 재산은 대자연 그 자체다. 어느 나라에서도 쉽게 볼 수 없는 대자연이다. 한국에서는 이런 곳에 살려고 수천만 원을 들여 실버타운에 들어가려고 하는 사람도 많다. 경제발전도 중요하지만 대자연을 보존하는 것이 미래에는 더 큰 경제적 수확을 얻게 해 줄 것이다."

그러자 오르길은 자신들이 누구보다도 그것을 잘 알고 있다며, 정책적으로 "경제발전뿐만 아니라 환경발전을 동시에 추구하고 있다"고 대답했다.

칭기즈칸의 정신은 아직도 몽골 곳곳에 살아있다는 것을 느꼈다. 현재까지도 칭기즈칸의 무덤이 어디에 있는지 아무도 모른다고 한다. 하지만 여전히 전 국민은 끝없이 칭기즈칸을 애도하고 있다. 그리고 기다린다. 또 다시 불안과 혼돈을 극복하고 몽골인들을 하나로 뭉칠 수 있는 '대지의 왕'이 출현하기를. 칭기즈칸은 서쪽으로는 헝가리에서부터 동쪽으로는 중국까지 거대한 영토를 정복했다. 공공기관이나 게르 곳곳에 칭기즈칸의 초상화가 걸려 있다. 보드카 병에도 칭기즈칸의 얼굴이 찍혀 있을 정도다. 몽골제국의 영향은 오늘날에도 남아 있다.

최근 옥스퍼드대학교 유전학자 크리스 타일러 스미스 박사팀이 실시한 연구에 따르면, 옛 몽골제국에 포함됐던 지역에서 사는 남성의 8퍼센트인 1,600만 명이 몽골인 특유의 Y염색체를 갖고 있다고 한다. 스미스 박사는 정복지 곳곳에 세워졌던 규방을 지적하며 "그들은 용맹한 전사였을 뿐 아니라 밤에는 자신들이 정복한 여러 인종의 여성들과 즐기느라 바빴던 것 같다."고 말했다.

영하 40도까지 내려가는 길고 긴 몽골의 겨울에는 수십만, 수백만 마리의 양과 말들이 폭설과 추위 때문에 한 번에 떼죽음을 당하는 경우가 적지 않다고 한다. 이것을 '차강조드(한파와 폭설을 동반하는 몽골의 겨울재해)'라고 부르는데, 그 때문에 1999년에 250만 마리, 2000년에는 60만 마리의 가축이 죽었다고 했다. 하지만 그들은 새봄이 오면 다시 옆집에서 양과 말 한 쌍을 빌려 새 생활을 시작한다. 몽골인들은 어떠한 악조건에도 굴하지 않는 진정한 유목인이며, 진정한 '생존자'이다.

몽골 여행 중, 가장 인상에 남는 기억은 몽골의 초원에서 한밤중에 술에 취한 채 말을 타고 집으로 향하는 두 사람의 모습이다. 술에 젖은 그들의 몸이 말 위에서 건들건들 심하게 흔들렸지만, 떨어지지 않고 달빛이 내리는 오솔길을 따라 집으로 향했다. 달빛이 그렇게 밝은 줄은 그때 처음 알았다. 몽골의 유명한 시인 D. 나착도르지는 〈내 고향〉에서 몽골을 이렇게 묘사했다.

사람과 가축이 강과 호수에서 목을 축이고
싱그러운 목초들이 산들바람에 흔들리는 곳
초원의 단단한 바위 위에서는 선량한 사람들이 만나네

겨울이면 눈과 얼음으로 덮이는 땅
여름이면 꽃밭으로 변하고
남쪽 먼 나라에서 날아온 새들로 가득차네
이곳, 바로 이곳이 내 고향
아름다운 나라, 몽골

나는 마지막으로 사랑하는 나의 몽골의 초원에게 또다시 '쌈바이누, 바일타(Hello, Good Bye)'를 외치며 서울로 향했다.

옥사나는 좀 나아져요?

이 질문은 길거리로 나설 때마다 듣는다. 3부작으로 1시간씩 다큐형식으로 방영되었기 때문이다. 그것도 메이저 TV채널에.

그럴 때마다 나는, "네, 아직도 열심히 치료받고 있습니다."라고 대답한다. 알코올 중독자는 완전치료가 불가능한 병이다. 여자를 좋아하는 남자가 어떻게 하루 만에 여자를 싫어할 수 있는가?

하지만 성욕이든, 알코올 욕망이든, 이것을 조정하는 것이 목적이다. 매일같이 욕망을 조정해야 한다. 그러기 위해서 현재 매일같이 미8군 상담센터에 가서 다른 중독자와 이야기도 나누고 서로 지원을 하며 상담치료를 받고 있다. 우리 가족 셋 모두가 열심히 노력중이다. 사고 없이 하루가 지나가면 하나님께 감사의 기도를 한다. 하루살이 인생이다.

옥사나는 3대 중독자다. 즉 유전적인 부분이 많다. 그리고 술 문화가 가장 발달된 러시아에서 태어났다. 러시아에선 보드카를 '보다', 즉 물이

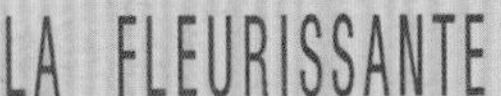

An introduction to a new concept of feminine attire for today's women to suit any occasion

FALL FASHION PREVIEW
Fri. Sept. 11th at 5:30pm

UNITED NATIONS
STAFF DAY PARTY

All Day International Events -
Talent Show, Disco, Food & Fun

For further info: Call 486-6260

We also specialize in custom made apparel to suit your needs.

- Blouses
- Skirts
- Pants
- Dresses
- Leather and Suedes
- Accessories
- Shoes
- Skin Care Products

LOCATED AT:
209 East 60th St., New York City

TELEPHONE:
212-486-6260

WE MOVED!

S. Chapell

THE FINEST NEEDLEPOINT
IN THE WORLD

1047 Madison Avenue
(at 80th St.)
New York, NY 10021
Tel. 212.744.7872

WE ARE
A
BLOUSE SHOP

. . . a very special concept featuring limited edition blouses

- Ready-to-wear blouses
- Made to order blouses
- Petite and plus sizes custom made

247 East 83rd Street
Between 2nd & 3rd Avenue

Tel. (212) 879-6094
Mon. - Sat. 12-6pm

뉴욕에서 모델 생활 활동 중인 옥사나

UPPER EASTSIDE RESIDENT / AUGUST 17, 1992

라고 부른다. 그만큼 하루살이 생활에 없어선 안 되는 요소다.

"보다를 가져오는 사람은 나의 진정한 친구다."

러시아 속담이다. 러시아 사람들은 한 번 마셨다 하면 3~4일은 기본이다. 변명은 좋다. 누구 결혼식, 누구 생일, 그리고 장례식. 한 번 시작하면 끝장을 봐야한다. 그리고 꼭 누군가 다친다.

옥사나 친구 드니스는 24살의 잘생긴 영화배우였다. 성공적인 시사회가 끝나고 호텔 방에서 파티를 하고 있는데 술이 떨어진 것이다. 새벽 4시라서 호텔에선 더 이상 못 판다고 한다. 드니스는 "그래? 그럼 내가 더 사올게" 하고 4층 호텔방에서 창문으로 뛰어내린 것이다. 결국 척추가 내려앉고 오늘날까지 하반신 불구가 되어 휠체어 생활을 하고 있다.

80년대 중반, 러시아에서 '페로스토리카' 운동 직전에 안드라포브 수상이 "소련 사람들은 술을 너무 마신다. 이제부터 쿠폰을 나눠 주어 술 소비량을 줄이겠다."고 선언했다. 난리가 났다. 폭동이었다. 민중들은 "나에게 보드카를 달라, 아니면 죽음을 달라." 하고 외쳤다. 결국 쿠폰제도 때문에 지하산업이 형성되고 쿠폰을 비싼 값에 팔고 사고 하는 암거래가 형성되었다.

할 수 없이 다시 술은 시장에 돌고 러시아 사람들의 술 소비량을 조절한다는 정책은 완전히 실패했다. 이러한 분위기 속에서 옥사나는 태어나고 자랐다. 술을 안 마시는 사람이 오히려 비정상적이었다. 옥사나가 입원 치료받기 전에는 도무지 조정할 수 없는 중독자였다. 특히 한국에 이사 오고서는 더욱 심해졌다. 중독자에게 한국은 '파라다이스'다.

동네의 모든 가게가 술집이다. 24시간 편의점, 앞집에 있는 국수집, 옆집에 있는 설렁탕집, 술을 안 파는 데가 없다. 그리고 세상에 '술 한

병에 천 원' 하는 나라가 어디 있겠는가! 완전 낙원이다.

미국은 '리커 스토어'라 해서 술파는 가게가 따로 있다. 그것도 동네에 한두 개 정도. 그리고 음식점도 '리커 라이센스'라 해서 술을 팔 수 있는 허가증이 있어야 한다. 굉장히 비싸다. 도시에 따라 수만 달러에서 수십만 달러에 달한다. 그러니 실비집에선 술이 아예 없고 약간 고급음식점 수준이 되어야 술을 주문할 수 있다.

미국의 대 컨트리 음악 스타 '조지 존스(George Jones)'는 완전 중독자로서 자기 두 번째 부인이 떠나면서 자동차 3대 키를 가지고 달아났다. 술을 못 사게끔. 이 사실을 알고는 존스는 고민 끝에 론 모어(풀 깎는 기계)를 타고 왕복 2시간 반이나 걸리는 거리를 운전하며 스카치 2병을 사온 일도 있었다고 한다. 론 모어 속도는 시속 2km. 즉 중독자는 수단과 방법을 가리지 않고 결국 마신다.

흔히들 중독자가 있는 집안에서 식구들이 술병을 숨기고, 돈과 신용카드를 빼앗고, 고함을 지르고 폭력을 한다. 다 소용없다. 오히려 중독자에게 더 마실 변명을 주는 것이다. 화가 나니까! 중독자는 집안 물건을 팔 것이고 여자의 경우엔 자기 몸도 판다.

모스크바를 가니까 남편이 술을 못 마시게 마누라가 지갑을 빼앗으니까 결국 마누라 향수를 마셔버리더라. 향수는 알코올 농도가 높다.

옥사나는 한 번 마시면 2주에서 3주, 계속 연달아 마신다. 마시고 자고, 마시고 자고, 몸과 정신이 완전 '블랙 아웃' 정전이 되어 기절한다. 그리고 꼭 뼈를 부순다. 술 때문에 정말 쓸데없는 수술 많이 했다. 다리 골절 수술, 팔과 어깨 수술, 척추 수술 2번.

"어떻게 이렇게 다쳤어?"

"I don't remember(나도 몰라)."

한 번은 옷장과 화장실에 숨겨둔 소주병을 세어 보니 33병이나 되더라. 현재 옥사나는 살아남은 가족이 하나도 없다. 아직 40살밖에 안 되었는데 조부모님, 부모님, 삼촌, 고모 등 모두 중독의 피해자로 돌아가셨다. 나는 나이가 63세인데 아직 어머니가 살아 계시는데 말이다.

한 번은 속초에 촬영을 갔는데 너무 마셔서 못 마시게 말리니까 내가 잠자는 사이에 20km 떨어져 있는 다른 마을에서 마시다 경찰서에서 전화가 왔더라. "어떻게 된 거야?" 하고 물으니 "I don't remember(나도 몰라)"가 답이었다.

중독자는 '자살폭탄테러'다. 자기도 죽고 가족도 같이 죽인다. 중독자는 술에 중독되지만 가족은 중독자에게 중독된다. 중독자가 마시지 않으면 기뻐하고 마시면 괴로워하고, 전 가족이 정신병자가 되는 것이다. 모든 가족의 행사가 이 중독자 중심으로 이루어진다. 술을 못 마시게 하기 위해 생일파티도 취소하고 결혼식도 간략하게 하고, 하루 열심히 일하고 집에 와서 시원한 맥주 한 병 마시고 싶어도 중독자가 옆에 있기 때문에 마실 수도 없다. 전 가족이 한 사람의 중독자 때문에 시간과 돈을 희생해야 한다.

그리고 중독자는 사회적으로도 큰 문제다. 전 세계적으로 이루어지는 아동 성범죄, 살인사건, 주먹싸움, 그리고 음주운전 등 전부 술과 마약 때문이다.

1969년도 당대 최고의 감독 로만 폴란스키의 부인 샤론 테이트가 끔찍하게 살해되었다. 그녀는 그 당시 가장 인기 있는 뛰어난 미모의 여배우였다. 찰스 맨슨이라는 카리스마 있는 젊은 청년이 자기 제자 10명(찰

한대수 솔로 콘서트 포스터(올림픽 펜싱경기장, 2001)

스 패밀리라 일컫는다)을 이끌고, 기성세대에 가장 인기 있고 부유하다는 이유로 샤론 테이트와 같이 파티하는 친구들을 살해했다. 너무 끔찍해서 글로 표현하기도 힘들다. 도살장을 생각하면 상상이 갈 거다. 그 당시 샤론 테이트는 8개월 반의 임신부였고 칼로 16번의 난도질을 당한 채 살해되었다. 그리고 그들은 모두 LSD라는 강한 환각제에 취한 상태였다.

나와 같이 중독자를 가진 가족들은 일단 몇 차례 치료는 시도해야 한다. 요즘 양호한 알코올 치료센터가 많이 생겼다. 가족들이 흔히들 정신병원에 환자를 입원시키는데, 그것은 실수다. 정신병과 중독자는 치료 절차와 방법이 다르다. 그리고 절대로 한 번 입원했다고 고쳐지는 병이 아니다.

내가 아는 집에서 아버지를 석 달 치료센터에 입원시켜서 상당히 효과가 있는 걸 보고 퇴원시켰다. 하지만 간과 쓸개, 심장이 더욱 건강해져서 집에 돌아오자마자 더욱 심하게 마시기 시작했다. 결국 절제가 안 되어 일주일 연달아 마시다 계단에서 떨어져 척추가 부러져 하반신 불구가 된 것이다.

중독자를 가진 집안은 치료를 시작할 때 절대로 입원 한 번 했다고 고칠 생각은 말아야 한다. 지속적인 치료, 3~4차례나 연달아 입원을 해야 하고, 퇴원하면 '에이 · 에이(AA : Alcoholic Anonymous)'라는 알코올 상담 그룹에 매일같이 참가해야 한다. 이 모임은 중독자들이 그룹으로 모여 자기 자신들의 고민, 그리고 알고올로 실수한 경험담을 서로 이야기하는 단체다. 즉, 동지애를 키우고 서로가 서로에게 절대 술을 입에 대지 못하도록 서로 지켜보는 심리치료다.

우리 마누라도 현재 하루도 빠짐없이 미8군 에이 · 에이 모임에 참석해 비교적 좋은 효과를 얻고 있다. 가끔씩 만취 소동을 벌일 때도 있지만, 작년보다는 훨씬 낫고 내년에는 더욱 발전이 있기를 기대한다. 그리고 에이 · 에이 모임은 한평생 가는 것이다.

간단하게 설명해서 여자를 좋아하는 남자가 어떻게 하루 만에 여자를 싫어할 수 있는가? 여자는 항상 좋아하지만 매일같이 그 욕망을 조절하는 것과 마찬가지다. 술과 마약에 취하고 싶은 심정은 한평생 가는 것이니 한평생 치료라고 생각하면 된다.

미국이 전 세계에 선물을 준 정치적, 경제적, 문화적인 유산은 많다. 토마스 에디슨의 전기, TV, 라디오, 자동차, 할리우드 영화와 초콜릿과 아이스크림. 끝이 없다.

하지만 나는 세 가지가 가장 중요한 미국의 기증인 것 같다. 민주주의, 재즈 음악, 그리고 에이 · 에이. 에이 · 에이는 1930년도에 알코올 중독은 불치병이라고 여러 유명한 심리학자들이 결론을 내렸을 때, 중독자 몇 명이 모여 "우리는 우리가 도와야 해. 의사도, 심리학자도 필요 없어."라고 시작한 혁명적인 치료 방법이다.

즉 중독자들이 매일 밤 모여 "오늘은 안 마신다." 하고 서로 다짐하고 격려해 주고 식사도 같이 하고 대화를 하며, 서로 친구가 되어 주는 모임이다. 이것이 점점 인기가 있고 효과가 있어서 지금은 전 세계 에이 · 에이 모임은 수천만 명이 매일 밤 모임을 가지고 있다.

나의 절친한 뉴욕 친구 존 레놀즈도 에이 · 에이로 자기 병을 고쳤다. 1980년 당시 자기의 주급 350달러를 전부 술집에 바치고 매일같이 만취되어 결국 울고 아무 데서나 쓰러지는 위험한 생활을 했었다. 지금은 양호한 여인과 결혼하여 술은 한 방울도 마시지 않고 롱아일랜드에서 아름다운 집을 짓고 살고 있다. 하지만 아직도 술 생각은 있는 모양이다. 나한테 전화할 땐 "야, 대수야! 만약 지구가 내일 멸망한다면 난 당장 스카치 온 더 락 10잔은 맛있게 마실 거야!" 하고 우리 둘은 웃어댄다.

결론적으로 중독은 암보다도 무서운 병이며, 온갖 노력을 해도 치료가 되지 않으면 요양소에 영원히 방치할 수밖에 없다. 어떤 의미에서 중독자는 요절하는 것이 가장 가족을 위하는 것이다. 슬프지만 사실이다.

eye for an
eye will
make the
whole world
blind

눈과 눈으로 복수하면 전 세계가 장님이 될 것이다.

_ 마하트마 간디

_ mahatma
gandhi

나의 딸
양호에게

너의 영어 이름은 'Michelle(미쉘)'이다. 그리스어로 "하나님의 선물"이란 뜻이다. 그리고 너의 한국 이름은 '양호', 즉 양호하게 자라서 양호하게 살고, 양호한 사회를 형성해 가는 양호한 일꾼이 되라는 말이다.

네가 태어난 날은 나에게 큰 축복이었다. 내 나이 59세에 얻은 첫 아이였기에 너무나도 흥분을 해서 편집증까지 생겼다. 음악적으로는 많은 일을 했고 또 작은 성취도 거두었다. 그리고 세계를 누비고 다녔다. 하지만, 아버지가 되어 보는 경험은 한 번도 못했다.

내가 이 세상을 떠나기 전 '아빠'라는 이름을 들어보다니, 정말로 큰 영광이다. 그래서 너의 영어 이름은 'Michelle(미쉘)'이다. 그리스어로 "하나님의 선물"이란 뜻이다. 그리고 너의 한국 이름은 '양호', 즉 양호하게 자라서 양호하게 살고, 양호한 사회를 형성해 가는 양호한 일꾼이 되어달란 말이다.

네가 나에게 큰 기쁨을 준만큼 가끔 죄책감도 든다. 왜냐하면 세상은 험난하고 악의 씨로 뿌려졌고 정의롭지 않다. 그리고 삶 자체가 고뇌다. 이러한 아이러니컬한 인생에서 열심히 일해서 행복을 찾는 것은 여간 어려운 일이 아니다. 하지만 너는 고통을 피하지 말고 맞서서 이겨내고 행복의 순간들을 많이 이루어가야 한다.

10대

10대는 방황의 시기다. 모든 것이 신비롭지만 동시에 모든 것이 모순적이고 기성세대가 혐오스러울 때다. 엄마 아빠도 미워질 거다. 그래도 괜찮다. 이러한 심리적인 혼란 속에서 너의 성격이 형성된다. 이때 가장 중요한 것은 친구다. 어떠한 친구를 사귀느냐에 따라 너의 세계관이 형성된다. 정의를 알고 착한 마음을 가지고 배움에 게으르지 않는 친구 한두 명이면 족하다. 그리고 집에도 자주 데려와 너뿐만 아니라 우리 집안의 친구가 되길 바란다.

일

일을 한다는 것은 필수다. 사회의 톱니바퀴의 일부가 되어 자기의 주위환경을 개선해 간다는 뜻이다. 그리고 네가 즐기는 일을 해야 한다. 자기가 좋아하는 일을 한다면 한평생 일을 안 하는 것이다. 아인슈타인도 과학을 즐겨서 아인슈타인이 된 것이다. 비틀스도 음악을 즐겨서 비틀스가 된 것이다. 빌 게이츠도 IT 산업이 즐거워서 최고의 부자가 되고 또 인류를 사랑해서, 세상의 질병과 가난을 없애기 위해 사상 최고의 기부 단체를 운영한 것이다.

나의 딸로서 네가 예술가가 될 가능성이 있을 것 같다. 약간 걱정이 된다. 역사상 유명한 예술가 자식이 자기 아버지나 어머니 이상으로 업적을 이룬 예가 별로 없다.

존 레논(John Lennon)의 두 아들 쥴리안이나 숀을 보면 알 수 있다.

© 김원

J.S.Bach의 많은 자손들도 마찬가지다. 영화배우 말론 브란도도 아이들이 영화계에선 하나도 성취하지 못하고 비극적인 삶을 살았다. 가능하면 예술계통이 아닌 분야에 일했으면 좋겠다. 하지만 음악을 고집한다면 꼭 다른 기술 하나는 배워두어라. 음악은 배고픈 직업이다. 즉, 당장 수입이 될 수 있는 직업, 치과의사든지, 간호사, 증권전문가 등 그리고 아빠의 이름에 의존하지 마라.

때론 아빠의 업적이 짐이 될 수도 있고, 너의 음악이 아무리 좋아도 평론가들에게 저평가 받기 마련이다. 너 혼자 너의 길을 찾아라.

결론적으로, 여자로서 가장 중요한 일은 어머니가 되는 것이다. 네가 양호한 결혼을 하여 양호한 어머니가 되는 것이 가장 중요한 일이다. 이것이 인류를 가장 위하는 일이고 여자가 어머니가 안 되면 인류는 증발된다. 간단하다.

교육

너의 부모가 대학교 졸업을 못했기에 너는 꼭 대학교를 졸업하기를 바란다. 꼭 일류대학이 아니더라도 캠퍼스의 지적인 분위기에서 젊은이의 꿈을 키우기 바란다.

네가 유럽에 갈지, 미국에 갈지, 한국일지 모르겠지만 대학 캠퍼스에서 자기의 지적 · 경제적 · 문화적 수준이 맞는 반려자를 만날 확률이 높다. 오바마 대통령도, 빌 클린턴 대통령도 모두 캠퍼스커플이었다.

네가 구태여 박사학위까지 받을 필요는 없을 것 같다. 물론 너의 조상들을 보면 학자 집안이다. 박사가 12명이나 된다. 하지만 사람이 너무

© 조상호

배우고 학위가 너무 높으면 자연스럽게 자아에 빠지게 된다. 그리고 자기도 모르게 우월감에 빠지게 된다.

간단하게 말해서 심리적으로 신랑감을 고르는 데 숫자가 줄어든다. 대학교만 졸업해도, 아니면 가정 사정으로 중퇴해도 마음씨 착하고 능력 있는 남자는 많다. 그리고 가장 중요한 교육은 Self-study(자기 스스로 교육)이다. 이것은 죽을 때까지 해야 한다. 가장 위대한 선생님은 자기 자신이다. 지금은 많은 책과 자료가 있기 때문에 무엇이든 배울 수 있다. 불어를 배우든, 빵 굽는 기술을 배우든 항상 무엇이든 배워라. 이것이 인생의 권태기를 없애주고 관념의 새로운 창문을 열어준다. 아빠 친구 한 분은 미국 한 번 가지 않고도 최고 인기 영어선생이 되었다.

돈

자본주의 사회에서 돈은 물이다. 돈 없으면 죽는다. 돈만 있으면 못하는 게 하나도 없다. 단, 인간의 마음만 빼고는.

일을 해야만 돈이 생긴다. 돈을 벌기 위해서 일찍 일어나 샤워를 하고 몸을 움직이면 식욕도 생기고 많은 사람들과 교류를 하게 된다. 가장 돈을 많이 벌게 하는 것은 사람이다. 어떠한 사람과 거래를 하느냐에 따라 액수가 변한다. 그러니 항상 자기 분야에 Professional하고선 일을 하라. Amateur은 절대 피하라. 피곤하기만 하고 돈도 안 된다.

아빠도 공연을 할 때 '사람에 따라' 수천만 원을 받기도 하고 또 '사람'의 마음씨에 따라 공짜로 해준 적도 있다. 열심히 일하고 돈 많이 버는 것은 좋은 일이다. 하지만 돈을 나쁜 목적으로 쓸 경우에는 가장 더러운

반 막국수
왕
족발

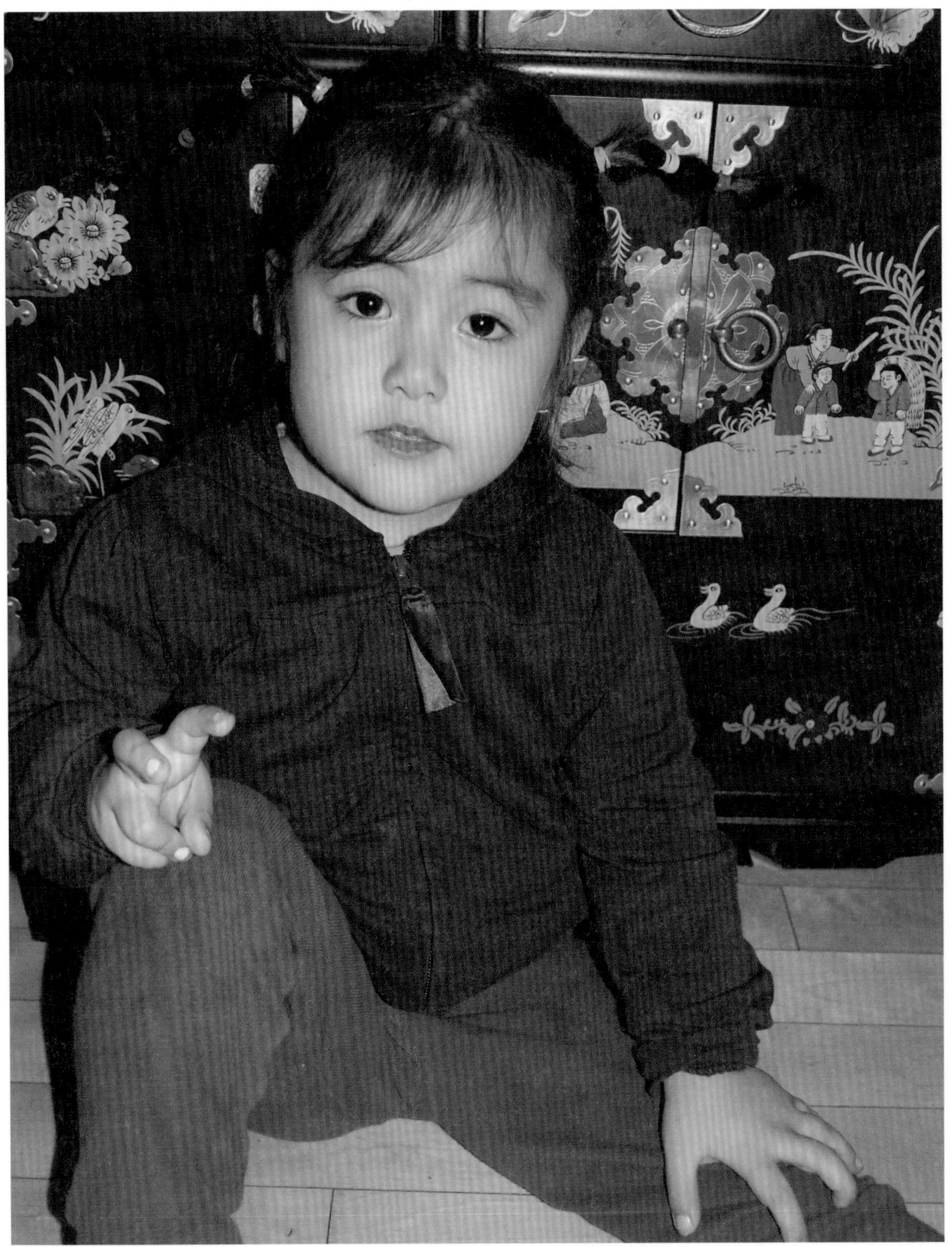

것이다. 실제로 지폐는 수백만 사람들의 손을 거친 것이다. 정말 더럽다. 남을 모략하기 위해 돈을 쓴다든지, 남의 생명을 위협하기 위해 청탁을 한다든지, 법을 어기기 위해 뇌물로 쓴다든지. 이것은 꼭 부작용이 생겨 너에게 피해를 줄 것이다. 부메랑(boomerang) 효과가 생긴다.

돈은 제일 먼저 너와 너의 가족의 생계를 유지하는 데 써야 한다. 자기 가족도 보살피지 못하면서 기부하는 것은 어리석은 행동이다. 자기 가족의 생활이 풍요롭게 이루어진 후 돈의 여유가 있을 때 남을 도와라. 너보다 가난한 사람을 돕는다는 것은 너의 돈의 가치가 제곱으로 올라가는 것이다. 너에게는 작은 돈이 다른 사람에겐 아기 병원비가 될 수도 있다. 그리고 모든 성서에는 기독교든 불교든 이슬람교든, 남을 금전적으로 돕는 것은 필수로 적혀 있다.

절대 도박은 하지 마라. 역사적으로 도박해서 돈을 번 사람은 없다. 벌었다고 하는 말은 다 거짓말이다. 도박은 간단히 말해 중독이다. 로또도 사지 말고 라스베이거스 가서 슬롯 머신(slot machine)도 당기지 마라. 계에도 들지 마라. 도박은 너의 집과 너를 망하게 하는 길이다.

시간

돈보다 중요한 것은 시간이다. 우리 사회에서 필요한 기술이 있고 열심히 일하면 돈은 얼마든지 벌 수 있다. 하지만 시간은 벌 수 없단다.

네가 이 지구에 머물 수 있는 시간은 계속 줄어든다. 절대 은행 이자같이 늘어나지 않는다. 그러므로 네가 사랑하는 친구나 가족이 아플 때, 돈을 주는 것도 중요하지만 찾아가서 손을 잡고 너의 귀중한 시간을 주는 것은 더욱 값진 것이다.

그리고 네 자신의 시간을 소중하게 생각하고 낭비하지 마라. 젊었을 때 여행을 가든 좋은 공연을 보든 아름다운 순간들로 시간을 장식하라. 나중에 나이가 들면 추억밖에 남지 않기 때문이다.

섹스

섹스는 참 이상한 행위다. 가장 진화된 동물인 인간이 가장 짐승 같은 행위를 갈망하고 이행하는 것이다. 그리고 이러한 육체관계가 이루어져야 후손이 유지되는 것이다.

첫째, 욕망이 있어야 섹스가 이루어지고 또 섹스가 이루어져야 가족이 형성된다. 섹스는 두 남녀가 사랑을 완성시키는 가장 마지막이며 가장 아름다운 행위다. 남녀가 몸과 마음을 완전하게 바쳐서 무아지경(climax)에 도달할 수 있는 사랑의 쾌락이고 하나님이 인간에게 주는 큰 선물이다. 물론 사랑하는 남편과 관계를 가져야 하고 또 보너스로 가족을 얻게 되는 것이다.

하지만 섹스는 10대 중반만 되어도 소년 · 소녀들의 큰 관심거리가 되고 대단한 호기심을 갖게 된다. 특히 남자는 예쁜 여자만 보면 관계를 하고 싶어 한다. 'One Track Mind' 오직 한 곳에만 몰입한다.

"어떻게 하면 저 여자와 침대 위에서 즐겁게 놀까?"

이것은 청년들의 정상적인 생각이고 건전한 생각이다. 너의 아빠도 청년 땐 항상 아름다운 여자를 추구해 왔다. 그러므로 너는 여자로서 어떠한 태도를 갖느냐가 중요하다. 아무리 남성 동물들이 너를 유혹하고 너

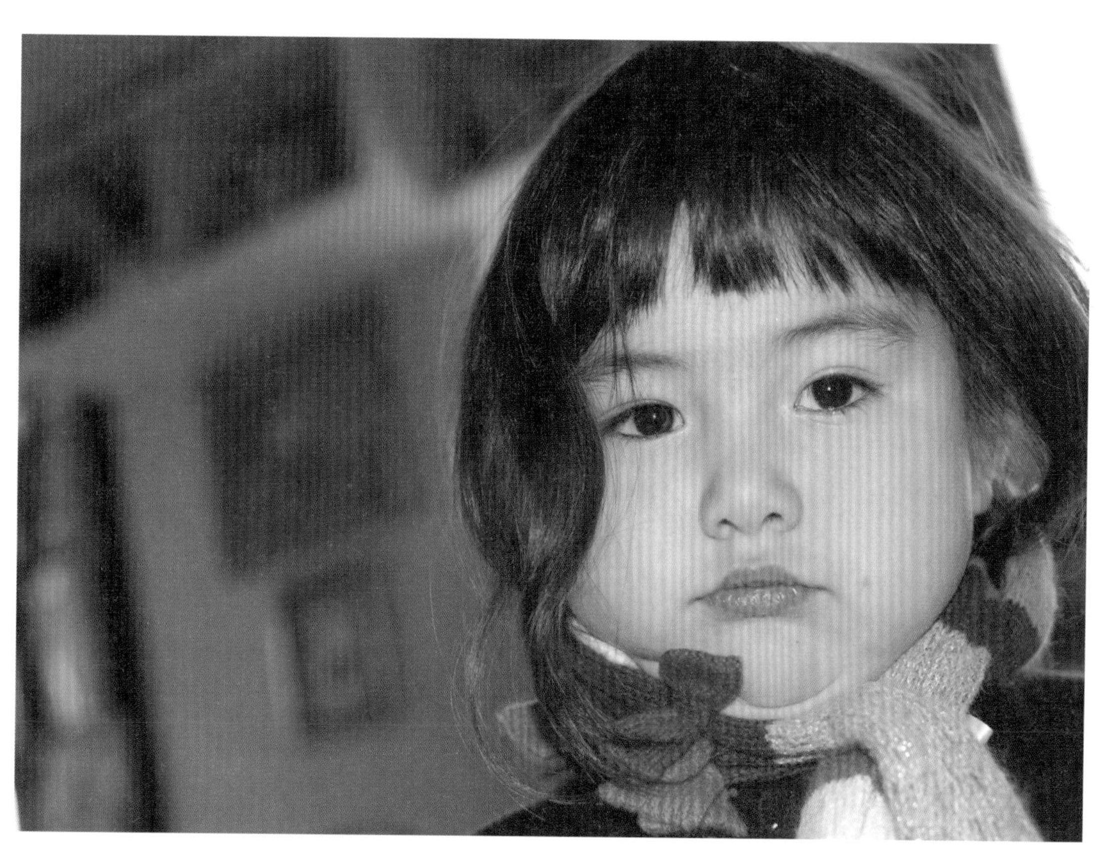

앞에서 애정의 춤을 출지라도, 여자인 네가 짝을 택하는 것이다. 모든 동물도 마찬가지다. 암컷이 수컷을 선택하지 그 반대는 없다.

성욕은 인간의 가장 강한 욕망이며 쉽게 아무 남자와 관계를 하면 안 된다. 네가 믿을 수 있고 사랑하는 사람, 즉 너의 남편과 관계를 갖는 것이 가장 안전하고 아름답다. 하지만 다른 유혹에 네가 빠질 경우엔 자신을 자제할 필요가 있다. 인간과 동물이 성욕을 가졌다는 것이 동일하다면, 인간은 자기의 욕망을 자제할 수 있는 능력을 가졌다. 이것이 동물과 큰 차이점이고, 그러기 위해서 많은 수양과 지식이 필요하다.

역사적으로 봐서 남자가 자기 성욕을 조절하지 못하면 '카사노바'라고 마치 위대한 정복자로 알려지지만, 여자가 자기 욕망을 조절하지 못하면 '창녀'라는 명칭을 받게 된다. 이유는 남자는 씨앗을 뿌리는 입장이고 여자는 씨앗을 받아 임신과 출산을 하기 때문이다.

이러한 모순된 인류의 관념을 쉽게 바꿀 수가 없다. 2천 년 된 인류의 관습이며 서양사회에서도 똑같이 생각해왔다. 이태리 베니스의 '도저스 펠레스'에 가보라. 17세기의 칼날 같은 정조대가 수십 개 진열되어 있다. 끔찍하다.

결혼

결혼은 일찍 하는 것이 좋다. 특히 자기와 마음이 통하고 육체적인 매력이 있고 앞으로 가족을 부양할 능력이 있는 사람을 만나면 바로 결혼하는 것이 좋다. 입과 마음과 몸이 깨끗한 남자는 찾기 힘들다. 그리고 한 번 놓치면 영영 돌아오지 않는다.

© 조상호

결혼생활에서 열정적인 사랑은 10년 후에 식을 수도 있다. 그러나 지속적인 사랑은 유지되어야 한다. 그러기 위해선 끝없이 두 사람의 변화되는 관계에서 항상 새로운 에너지를 불어 넣어야 한다. 여행을 하든, 창의적인 작업을 같이 하든, 그리고 제일 중요한 일인 아이를 같이 열심히 키우는 것. 이 모든 것들이 부부를 튼튼하게 이어주는 연결고리가 된다.

사랑 없이 희생을 할 수 있어도, 희생 없이 사랑을 할 순 없다. 권태기라는 괴물이 항상 꼬리를 들고 위협할 수 있으니 사랑과 더불어 이해와 용서가 절대적으로 있어야 결혼생활을 성공적으로 할 수 있다.

너의 광순이 고모가 항상 농담으로 하는 말이 있다.

"여자는 크리스마스 이브야."

즉, 여자 나이 24살이 넘으면 주가가 떨어진다는 말이다. 우습지만 맞는 말이다.

유럽의 귀족이나 우리나라 재벌 집안은 20대 초반의 며느리를 선호한다. 첫째는 후손을 가지는 데 젊을수록 유리하다는 뜻이다. 둘째는 여자가 독신생활을 오래하면 다른 남자들과의 관계도 많이 이루어지고 세상 경험이 많아지기 때문에 몸과 마음이 깨끗하지 않다는 것이다. 셋째는 젊은 며느리는 시집이 원하는 대로 성격과 관습을 찰흙처럼 모양 만들기(Molding)가 쉽다는 뜻이다. 넷째는 젊은 나이에 남편과 함께 같이 땀 흘리고 노력해서 부유한 생활을 이루는 것이 미래 부부생활에 큰 활력소가 되는 것이다. 그리고 부부가 젊었을 때부터 손을 잡고 세상을 같이 여행하고 인생의 신비로움을 같이 발견하는 것이다.

© 조상호

엄마와의 관계

너의 어머니는 너를 임신했을 때 너무나도 기뻐하고 정말 건강한 너를 낳기 위해 많은 희생을 했다. 술과 담배를 그렇게 좋아하는 여자가 임신 9개월 동안 한 방울의 술도 안 마시고, 한 모금의 담배도 안 피웠다. 그래서 네가 그렇게 건강하다. 입덧도 한 번도 안 하고 너무 편안한 임신을 경험했다. 너는 어머니 뱃속에 있을 때부터 어머니께 한 번도 고통을 주지 않았으며 오직 기쁨만 주었다.

하지만 너의 어머니는 환자다. 엄마의 할아버지 때부터 알코올 중독으로 시달렸던 집안으로 고생하다 너의 어머니까지 유전적인 중독자가 되고 말았다. 무서운 병이다. 한 번 마시면 몸이 꺾어질 때까지 2주일씩 지속적으로 마셔야만 하는 무서운 병이다.

그리고 항상 자기 자신도 뼈가 부러지는 등 항상 다치고 또 주위 사람도 괴롭히는 끔찍한 병이다. 간단하게 말해서 '자살 폭탄테러'와 똑같다.

다행히도 네가 두 살 되던 해부터 중독센터에 입원도 수차례 하고 뉴욕과 서울 치료 상담모임에도 열심히 참여하고 있다. 하지만 이 병은 언제 재발할지, 또 어느 날 갑자기 술을 찾을지, 예측할 수 없는 병이다. 매일 하루하루가 지뢰밭을 걷는 것과 마찬가지다.

너의 어머니 집안은 훌륭한 건축가와 과학자 집안이었지만, 이러한 무서운 먹구름을 가지고 있는 가족이므로 현재 엄마 쪽으로 살아계시는 가까운 친척이 아무도 없다. 너의 외가 쪽 할머니, 할아버지, 삼촌, 이모가 하나도 없는 것이다. 만약 너의 엄마가 어떠한 계기로 네가 감당할 수 없을 정도로 또 마시게 되면, 후회 없이 요양원에 장기로, 아니면 영원히 입원시키는 것이 원칙이다. 아빠가 20년 이상 치료한다고 희생하고 고생했으면 됐지, 너의 인생까지 어머니의 불치병으로 희생할 순 없다.

너의 가족과 너의 인생이 항상 우선이다.

그러므로 아빠가 제발 부탁한다.

양호야, 너는 제발 술과 마약은 입에도 대지 마라. 너까지 이러한 나쁜 병에 빠지면 4대 중독자 집안이 된다. 술과 마약이 잠시 괴로운 삶을 벗어나게 하는 도피처라고 느끼겠지만 결국 죽음의 길로 가는 것이다. 아빠도 잠시 60년대 히피문화가 절정을 이룰 때, 친구들과 당시 유행하던 마리화나는 해봤지만 결국 죽음의 터널이 눈앞에 보이더라. 그래서 당장 끊었다.

충분히 너의 일에서, 사랑하는 가족에서, 친구와 동료, 예술과 음악, 그리고 대자연에서 마약 이상으로 환희의 순간들을 느낄 수 있고, 또 즐거움을 발견할 수 있는 능력을 배워야 한다. 그리고 꼭 조심해야 하는 것은 중독자 친구를 주위에 두면 절대 안 된다. 중독자들은 착하고 유머감각이 뛰어난 사람들이 많다.

하지만 이런 사람들과 관계를 시작하면 너도 모르는 사이에 빠지게 된다. 맑은 물이 먹물이 된다. 담배를 피우는 사람과 사랑을 하면 결국 너도 담배를 피우게 된다. 중독자와는 아무리 사람이 좋고 매력이 있게 보여도 당장 관계를 끊어야 한다. 그리고 그들은 항상 거짓말을 한다. "나, 당신만 사랑하면 당장 끊겠어." 하고. 그렇지만 절대 불가능하고 완벽한 거짓말이다. 이러한 사람은 만나지도 말아야 한다. 인간의 존엄성은 어떠한 사람들을 주위에 두느냐에 따라 결정이 된다.

끝으로

아빠는 늦은 나이에 너를 낳았기에 얼마나 너와 같이 지낼 수 있을지 모르겠다. 하지만 우리 부녀간의 사랑을 영원히 이어갈 수 있는 순간순간을 아름다움으로 가득 채울 것이다. 아빠는 늙은 나이에도 네가 최소한 대학까지 걱정 없이 공부할 수 있도록 노력했다.

어느 나라에서 고등교육을 받을 것인지는 네가 여행을 하면서 결정을 하거라. 유럽이든, 미국이든, 한국이든 다 좋다. 그리고 너는 한국인으로서, 최강국인 러시아와 미국 시민권자다.

이것을 잘 활용해서 맛있는 것을 골라 먹어라. 그리고 아빠의 음악이 어느 순간 부활의 날개를 달고 다시 대중들의 사랑을 받게 되면 나의 딸로서 존경받고 너의 생활에 보탬이 되는 양호한 화폐가 생길 것이다.

내가 이 지구를 걸어다닐 수 없는 날이 머지않아 올 것이다. 너무 슬퍼하지 마라. 나는 항상 너의 곁에 있고 항상 너를 응원하고 있다. 내가 그리우면 하늘을 쳐다보라. 너를 보고 항상 웃고 있을 것이다.

인생은 결론이 없는 과정이다. 항상 문제점이 있고 문제점은 파도같이 계속 밀려온다. 어떻게든 문제를 해결하는 태도가 바로 너의 인격을 형성하는 것이다.

Life is a problem, and solving the problem is living.”

“인생은 문제다. 이 문제를 해결해간다는 것이 사는 것이다.”

마지막으로 테레사 수녀의 아름다운 교훈을 남긴다.

– 사람들은 비논리적이고 이기적이다.

그래도 용서하라.
– 네가 친절하면 어떤 이기적인 목적이 있다고 지적할 것이다.
그래도 친절하라.
– 네가 성공하면 가짜 친구와 진지한 적이 생길 것이다.
그래도 솔직하고 정직하라.
– 수십 년 동안 건설한 것이 하룻밤에 파괴될 수 있다.
그래도 건설하라.
– 네가 화평하고 행복하면 사람들이 질투할 것이다.
그래도 행복하라.
– 네가 착한 일을 오늘하면 사람들이 내일이면 잊을 것이다.
그래도 착한 일을 하라.
– 최선을 다해도 모자랄 수가 있다.
그래도 최선을 다하라.
– 결론적으로 인생은 너와 그 사람들과 관계가 아니라
너와 하나님과의 관계다.

인생을 즐겨라! 양호야, I LOVE YOU.

PaPa. 한대수

아빠 좀 봐주라~ 양호야

요즘 양호가 나날이 힘이 세지는 것 같다.
아직 키가 닿지 않는 높은 곳까지 기어 올라가 접시를 만지기도 하고,
신기한 물건이 있으면 다 만져 보고, 바닥에 늘어놓으려고 한다.
아빠는 행여 양호가 다칠까봐 가슴이 조마조마한데,
우리 양호는 자꾸 막 기어 올라가려고 하고,
날마다 키도 커가고 몸무게도 늘고,
힘은 물론이고 고집까지 세지는 우리 양호!
양호가 무럭무럭 크는 건 좋지만 아빠보다 고집이 세지면 안 되잖니.
아빠 좀 봐주라. 이쁜 딸 양호야!

2008년 12월 16일

양호의 크리스마스

크리스마스를 맞아 양호를 위해 트리를 준비했다.
올해는 우리 양호가 반짝이는 불빛을 보고 좋아해서
그 어느 때보다 트리를 만든 보람이 있다.
그런데 양호야, 예쁜 방울을 막 떼어버리면 어떡하니?
이러다간 크리스마스가 오기도 전에 트리가 남아나질 않겠구나.
그래도 뭐 괜찮다. 양호야!
트리 앞에서 양호가 춤을 추면
그게 가장 양호한 크리스마스 트리가 아니겠니?
아빠는 양호와 함께 하는 크리스마스가
최고로 행복한 크리스마스란다.

2008년 12월 23일

엄지발가락~ 그만 깨물어다오~

요즘 우리 양호 때문에 아빠는 양말 벗기가 무섭다.
자꾸 아빠 발가락 빠는 걸 좋아하는 우리 양호.
특히 아빠의 왕 발가락, 엄지발가락을 입에 넣는데,
말려도 막무가내로 엄지발가락만 보면 좋아한다.
아빠는 괜찮지만 양호 입에 혹시 나쁜 균이라도 들어갈까봐
그게 걱정된다.
양호야, 이제 그만 아빠 엄지발가락 좀 살려줘….

2009년 1월 13일

고집쟁이 양호

이제 20개월이 된 양호.
우리 양호 요즘 고집이 너무 세다.
고집쟁이 할머니, 엄마, 아빠를 닮아서일까?
뭐든지 자기 마음대로 한다.
기저귀도 혼자서 입겠다고 하고 밥도 먹여 주면 싫어하고
숟가락질도 자기가 다 하겠단다.
산보 나가고 싶으면 무작정 아빠 손을 이끌고 나가고.
아~ 양호야.
고집쟁이 양호 때문에 아빠는 너무 힘들어.

2009년 2월 17일

미안~ 양호 때문에 바쁘다

양호가 탄생한 이후 나는 친구들과 멀어지는 것 같다.
과거엔 무조건 "우리 집에 빨리 와"였는데,
미안~ 양호 때문에 바쁘다.
영화시사회, 갤러리 오프닝, 동료 가수 콘서트 등등 모두 못 간다.
그리고 단물 한 잔 하자고 해도 절대 못 간다.
나가서 돈 쓰는 게 아까워진다.
'이 돈은 양호 양육비인데'
이런 생각이 들어서 돈도 안 쓰고
일 년 반이 지난 지금 친구들과 완벽하게 소외된 것 같다.
나의 친구는 부인이요, 나의 사랑은 양호.
이거 비정상적인 건가요? 박사님, 말씀해 주세요.

2009년 2월 24일

견인지역

© 김중만

「한국 대중음악의 현재」 시리즈

Vol.1 한국 대중음악 100대 명반 〈음반리뷰〉

2007년 8월부터 경향신문에 연재했던 '한국 대중음악 100대 명반' 기사모음이다. 52명의 각계 음악전문가들이 선정에 참여하여 공신력을 높였고, 32명의 음악필자들이 100장의 음반리뷰를 나누어서 꼼꼼히 작성한 획기적이면서 흥미로운 기획물이다. 이번 기획은 '당대 평가'라는 의미를 갖고 있고, 그래서 이 자료는 단순한 기사 차원을 넘어서서 '한국대중음악의 중요한 사료'이다.

박준흠 책임편집 | 값 23,000원

Vol.2 한국 대중음악 100대 명반 〈인터뷰〉

2008년 3월부터 네이버 '오늘의 뮤직' 코너에서 다룬 화제의 기사모음이다. 17명의 음악평론가, 신문 · 잡지기자, 교수 등이 참여하여 강산에, 김두수, 김수철, 김현철, 넥스트, 루시드폴, 마이앤트메리, 못, 봄여름가을겨울, 사랑과평화, 송골매, 시나위, 신중현과 엽전들, 아소토유니온, 언니네이발관, 유앤미블루, 이상은, 이장혁, 이정선, 장필순, 조용필, 클래지콰이프로젝트, 패닉, 한대수, 한영애, 허클베리핀, DJ Soulscape, W와의 인터뷰를 생생하게 진행했다.

박준흠 책임편집 | 값 23,000원

Vol.3 한국의 인디레이블

2002년 이후 인디씬에 정착한 '홈레코딩' 기반의 음반제작 환경과 홈레코딩 관련 기술의 발전으로 뮤지션이 기술적인 능력만 있다면 일반 스튜디오 작업에 부럽지 않게 녹음하는 것도 가능하게 되었다. 그래서 많은 인디 뮤지션들은 스스로 자신의 음반사를 만들어서 앨범 제작을 하고 있다. 대중음악에서도 '역시 중요한 것은 창작'이라면, 이제라도 인디레이블에 대한 정확한 재조명이 필요하다.

박준흠 책임편집 | 값 23,000원

Vol.4 한국 인디뮤지션 사진집

스포츠한국 사진데스크, 한국일보 편집위원을 역임한 20여년 경력의 프로사진가 최규성이 2년 동안 촬영한 한국 인디뮤지션들의 생생한 사진과 설명 글. 국내 최초로 발간되는 인디뮤지션 화보집이란 점에 그 의미를 부여한다.

최규성 글 · 사진 | 값 30,000원

03810
9 788963 120508
ISBN 978-89-6312-050-8
값 20,000원